SELINA SCHUSTER

ABSINTHE

SELINA SCHUSTER

ABSINTHE

GOTHIC NOVEL

DRYAS

Selina Schuster, Absinthe.
Gothic Novel. Dryas Verlag 2021

1. Auflage
ISBN 978-3-948483-25-8

Dieses Buch ist auch als E-Book erhältlich und
kann über den Handel oder den Verlag bezogen werden.
E-Book 978-3-948483-29-6

Herstellung: Dryas Verlag, Hamburg
Lektorat: Bianca Weihrauch, Gera.
Korrektorat: Anna Klöhn, Hamburg
Umschlaggestaltung: © Guter Punkt, München (www.guter-punkt.de)
Umschlagmotiv: © Kim Hoang, Guter Punkt, unter Verwendung
von Motiven von Getty Images (© szechenyidove © Rawpixel
© Valeriia_abrakadabra © alexeyrumyantsev © SasinParaksa
© Wolna © illionaire) und Shutterstock (© Khalid Hassan)
Zeichnung: Absinthe – Bottles of alcohol. Distilled beverage.
© AdobeStock – Oleksandr Babich
Satz: Dryas Verlag, Hamburg
Gesetzt aus der Palatino Linotype
Druck: CPI books GmbH, Ulm

Bibliografische Information der Deutschen Nationalbibliothek:
Die Deutsche Nationalbibliothek verzeichnet diese Publikation in der
Deutschen Nationalbibliografie; detaillierte bibliografische Daten sind
im Internet über http://dnb.d-nb.de abrufbar.

Der Dryas Verlag ist ein Imprint der
Bedey Media GmbH,
Hermannstal 119k, 22119 Hamburg.

---

http://www.dryas.de
Gedruckt in Deutschland

Kapitel 1

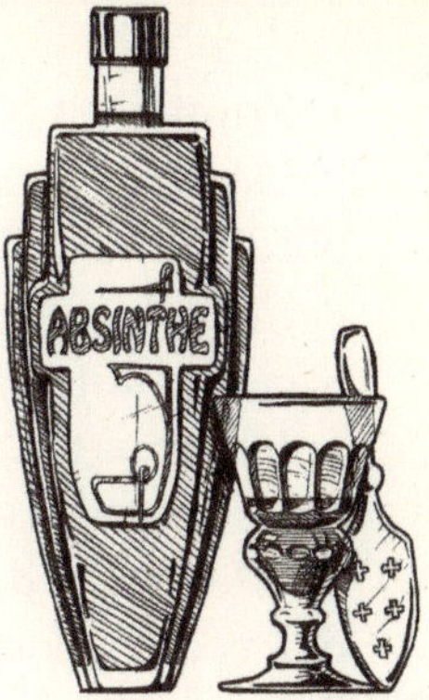

Kopfschmerzen.

Rasende Kopfschmerzen wüten hinter meinen Schläfen. Verschlafen schaue ich den schwachen Sonnenstrahlen zu, wie sie das Schwarz der vergangenen Nacht vertreiben. Kalt zieht die Feuchtigkeit zu mir hoch, setzt sich in meinen Kleidern fest und lässt mich erbärmlich frieren.

Verschwommen sehe ich die Stadt am Fuße des Hügels. In einen wohligen Dunstschleier gehüllt, döst sie leise atmend vor sich hin.

In der Ferne steigen die unförmigen Rauchsäulen der zahllosen Fabrikschlöte gen Himmel, vermischen sich mit der pechschwarzen Rußwolke des in den Bahnhof Gare du Nord einfahrenden Nachtexpresses aus Lyon.

Das ist Paris.

Zumindest das, was ich von meiner sicheren Anhöhe am Rande der Stadt aus davon mitbekomme.

Ein schiefes Lächeln zerrt an meinen Mundwinkeln.

Gott sei Dank bin ich weit weg von diesem ewig in Bewegung erscheinenden, niemals befriedigten Moloch, der stets nur mit sich selbst beschäftigt ist.

Doch für Künstler, Freigeister und verrückte Idealisten aus aller Welt gibt es keinen besseren Ort, um ihr Glück zu finden.

Das schiefe Lächeln wird noch schiefer.

Zumindest glauben sie das.

Sie alle tummeln sich an diesem Ort auf dem Hügel nördlich der Großstadt. Angeschwemmt wie Treibgut. Fernab von den glitzernden Lichtern und den schönen Kleidern auf dem *Champs-Élysées*.

Montmartre.

In dessen irrgartengleichen Gassen zu meinen Füßen werden wie jeden Morgen lustlos die letzten Überbleibsel der vergangenen Nacht beseitigt. Unrat wird mit müden Bewegungen zusammengekehrt, Fensterläden klappernd aufgeschlagen – selbst die hartgesottenen Nachtschwärmer machen sich wankenden Schrittes auf den Weg in ihre Betten.

Mit matten Bewegungen stütze ich meinen vor Schlafmangel dröhnenden Kopf auf meine verschränkten Unterarme und starre weiter zur Stadt hinab, über der leise wabernd die Feuchtigkeit aufsteigt. Von hier aus betrachtet wirkt die Metropole Paris beinah wie ein verschlafenes Nest in der Bretagne.

Es ist erbärmlich.

Fürchterlich erbärmlich, dass sich mein überarbeitetes Gehirn gerade *jetzt* diese Ähnlichkeit einbildet.

Das gleichmäßige Pochen hinter meinen Schläfen bekommt Gesellschaft in Form eines beständig lauter werdenden Ohrensausens, das in einen schrillen Pfeifton übergeht, als ich meinen Kopf in einer zu hastigen Bewegung von der Aussicht abwende.

Die mit einer undefinierbaren Geruchsmischung aus Essen, Ruß und Pferdemist versetzte Morgenluft lässt mich würgen. Hastig rappele ich mich auf und schließe das Dachfenster. Meine Beine fühlen sich vom langen Stehen taub und schwer an, durchzogen von einem unangenehmen Kribbeln, als würden Ameisen an ihnen heraufkrabbeln.

Ich hebe den Kopf und sehe es.

Das große, weiße Quadrat unbemalter Leinwand inmitten eines heillosen Durcheinanders.

Weiß.

Wie ich diese Farbe mittlerweile hasse. Diese Nichtfarbe. Der unübersehbare Beweis, dass ich mir erneut eine Nacht vollkommen umsonst um die Ohren geschlagen habe.

Langsam gehe ich auf das Ungetüm zu, beginne es zu umrunden, schiebe dann und wann mit dem Fuß etwas auf dem Boden zur Seite. Mit eisern vor der Brust verschränkten Armen beginne ich einen Starrwettbewerb mit der weißen Fläche. Doch es ist von vornherein klar, wer den längeren Atem haben wird.

Das bringt doch nichts. Es hat die ganze verdammte Nacht über nichts gebracht, warum sollte es jetzt funktionieren?

Ich wende den Blick ab und lasse ihn lustlos durch das Atelier schweifen. Er huscht über abblätternde Tapete, die durchgesessene Couch und bleibt schließlich an der gerahmten Fotografie hängen.

Ihr Anblick lässt mich frösteln.

Die Sepiafarbe der Fotografie beginnt bereits durch zu viel Sonneneinstrahlung zu verblassen. Allerdings war sie von Anfang an von keiner guten Qualität gewesen. Arm in Arm stehen meine Eltern vor dem Objektiv in der prallen Sonne eines drückenden Sommernachmittages. Die blonden Haare meiner Mutter wirken auf der Fotografie fast weiß. Sie wirkt so viel älter, als sie eigentlich ist, wohingegen mein Vater hinter seinem undurchdringlichen, schwarzen Bart regelrecht zu verschwinden scheint. Als wolle er sich dahinter verstecken.

Es schnürt mir die Kehle zu und ich bin entschlossen, es ein für alle Mal verschwinden zu lassen. Achtlos werfe ich es in die Kiste mit den Mahnungen des Mieteintreibers in der hintersten Ecke des Ateliers.

Paris ist schrecklich.

Doch das Fischerdorf in der Bretagne ist schlimmer.

Selbst in der prallen Sonne eines herrlichen Sommertages ist es schlimmer.

Ich zucke zusammen, als die Haustür drei Etagen unter mir mit einem lauten Knallen aufgeschlagen wird und unwillkürlich ziehen sich meine Augenbrauen zusammen, während ich dem Tumult im Treppenhaus lausche. Die Treppe, die ihre besten Tage seit Jahrzehnten hinter sich hat, ächzt unter jedem Schritt. Bestimmt ist es Madeleine, das *Modell* aus dem ersten Stock, das nach einer durchzechten Nacht bei einem ihrer Freier zurück nach Hause torkelt.

Matt wende ich mich erneut der Staffelei zu, um das mittlerweile rostbraune Malwasser auf die vertrockneten Blumenreste neben der Staffelei zu gießen.

»Noël! Noël, mein Freund!«

Verdammt!

Das Glas rutscht mir aus den Händen und zerspringt, das braune Wasser verteilt sich in Windeseile über den abgeschabten Boden, kriecht in jede Ritze.

»Eine Etage tiefer, Madeleine!«, brülle ich wütend Richtung Tür. Panisch zerre ich das erstbeste Stück Stoff vom Tisch und versuche, der Überflutung Einhalt zu gebieten.

Das laute Krachen und Poltern im Treppenhaus, das elendige Quietschen der Stufen und diese Sintflut in meinem Atelier zerren wie kleine Teufel an meinen Nerven.

»Noël, Herrgott noch mal!«

Die ohnehin nur noch schräg in einer Angel hängende Tür wird mit einem Schlag so weit aufgestoßen, dass sie hallend gegen die Wand prallt. Ein Wust aus Papieren und Plakaten wird gehalten von einem zwergenhaften Mann, dessen dickliche Ärmchen sich fest um die ihm teilweise bis zum Kinn reichenden Papierrollen klammern.

»Erkennst du etwa nach all der Zeit noch nicht einmal meine Stimme?«, keucht der Mann schnippisch in der für ihn typischen hohen Stimmlage.

»Doch, doch natürlich … nur eine Sekunde«, presse ich zwischen zusammengebissenen Zähnen hervor, da ich mit Schrecken feststelle, dass sich das Stück Stoff vom Tisch als mein einziges gutes Hemd entpuppt.

Hilflos sehe ich zu, wie der letzte Rest Wasser vom Leinen aufgesogen wird und rostbraune Flecken auf dem ehemals weißen Stoff hinterlässt. Ich murmle ein tonloses »Guten Morgen, Toulouse«, werfe mein ehemals bestes Hemd auf den Tisch zurück und gehe mit zwei eiligen Schritten zu ihm.

»Bist du aus dem Bett gefallen? Du stehst doch sonst nicht vor Mittag auf«, frage ich gereizt.

»Noël, mein Bester«, dringt es erneut leicht angesäuert unter stoßweise hervorgebrachtem Japsen aus den Tiefen der Papierrollen. »Du weißt, dass ich ein nachtaktiver Mensch bin und als solcher brauche ich tagsüber Schlaf. Und nein, ich bin *nicht* aus dem Bett gefallen.«

Unter lautem Rascheln wird mir ein Großteil des unhandlichen Gepäcks in die Hände gedrückt. Um seine Augen, die durch die fest auf seine Nase geklemmte Brille nur umso größer wirken, haben sich kleine Fältchen gebildet.

»Abgesehen davon, solltest du bei deinem nächsten Umzug eine Wohnung im Parterre in Betracht ziehen. Diese Treppe ist mörderisch! Vor allem für jemanden mit meinen kurzen Beinen.«

Ich lächle schwach, antworte jedoch nicht. Mein nächster Umzug führt mich aller Wahrscheinlichkeit nach auf schnellstem Wege zurück zu Reusen, Fischernetzen und Kuttern.

»Du solltest mehr an deine Freunde denken!«, schnauft Toulouse verächtlich und schielt mit einem schrägen Zug um die stark behaarten Mundwinkel zu mir hoch. Ein feiner, glänzender Schweißfilm hat sich auf seiner fliehenden Stirn gebildet und bringt die einzelnen, ungebändigt an ihr klebenden Strähnen zum Kräuseln.

»Ich werde es mir merken«, nuschele ich gepresst und ziehe mit meinem linken Bein die Tür hinter ihm ins Schloss.

»Das solltest du auch«, fährt mein Besucher etwas mehr bei Atem fort. Für einen kurzen Augenblick bleibt mir die Luft weg, als er mir mit einer der Papprollen einen schmerzhaften Schlag in die Rippen versetzt.

»Hast du eine Ahnung, wie sehr es mir ein jedes Mal davor graut, dich zu besuchen?«

In einer achtlosen Geste wirft er sein Gepäck auf die Couch unterhalb des Dachfensters, sodass die Sprungfedern nur so quietschen.

»Und das liegt nicht daran, dass mir deine Gesellschaft zuwider wäre. Das liegt einzig und allein an dieser gottverdammten Treppe!«

Und mit diesen Worten lässt sich Toulouse geräuschvoll

neben seine Plakate auf die Couch fallen und überschlägt demonstrativ die im Verhältnis zu seinem nicht besonders hochgewachsenen Körper dennoch viel zu kurz wirkenden Beine.

»Ich brauche das Licht. Das solltest doch gerade du verstehen, oh *größter Künstler der Bohème.*«

»Schon einmal was von Kerzen und Petroleum gehört, mein Bester?«, gibt er betont gelassen zurück. Wulstige Finger kraulen seinen buschigen Bart.

»Und welches Licht meinst du bitte?« Er blickt sich suchend um. »Diese erbärmlichen Strahlen, die es geschafft haben, sich ihren Weg durch das milchige Ungetüm in dein düsteres Kämmerlein zu bahnen?«

Ich zucke desinteressiert mit den Schultern. Ich hege nicht im Geringsten die Absicht, auf die ewig gleichen und sich seit gut zwei Jahren wiederholenden Vorhaltungen meines Freundes einzugehen. Toulouse scheint dies zu bemerken.

»Hast du in dieser Kaschemme auch etwas zu trinken?«, mault er in den Raum hinein. Er sieht mich noch nicht einmal an, während er sich mit puppenhaften Bewegungen den Zylinder richtet.

Wortlos greife ich nach einer Flasche auf dem Tisch und lasse mich mit ihr stoisch schweigend neben Toulouse auf die Couch sinken. Ich bereue es im selben Augenblick. Rostige Eisenfedern bohren sich in meinen Rücken und meine Oberschenkel.

»Da, nimm!«

In einer schlaksigen Bewegung halte ich meinem ungebetenen Gast die Flasche schalen Apfelmosts unter die Nase.

»Trink und erzähl mir, was dich unter Einsatz von Leib

und Leben veranlasst hat, mich in meiner Abstellkammer zu besuchen.«

Toulouse ignoriert meinen Einwand geflissentlich. Er reißt mir wortlos die Flasche aus der Hand und nimmt einen großen Schluck, ehe er sie wieder sinken lässt. Ich bezweifele, dass es ihm geschmeckt haben kann. Langsam, aber sicher verwandelt sich der Apfelmost in Essig.

»Ich bin gekommen, weil ich dir etwas zeigen möchte«, entgegnet er. Mit steifen Gesichtszügen kämpft er gegen den beißenden Geschmack in seinem Mund an. Er langt nach der längsten Papierrolle und beginnt den Knoten des Paketbandes zu lösen.

»Ohne weitere Übertreibungen kann ich dir nur eines garantieren.« Ein sich über die ganze Breite seines Gesichts erstreckendes Grinsen legt sich auf seine Züge, als er unbeholfen und mit wachsender Ungeduld an dem Band herumwerkelt. »Du wirst hellauf begeistert sein!«

Die braunen Augen, die hinter seiner runden Brille eifrig hin und her huschen, hätten problemlos die eines Zehnjährigen sein können, als er mit einem dröhnenden »Taadaa!« aufspringt, um das Plakat zu entrollen.

»Ein Werbeplakat«, stelle ich nüchtern fest, während ich interessiert auf das gut eineinhalb Meter lange Poster in Toulouses Händen blicke. Toulouse drückt es mir so nah vor die Nase, als wolle er, dass ich in das Bild hineinkrieche. Der beißende Gestank der noch nicht lange getrockneten Farbe steigt mir penetrant in die Nase und bringt die altbekannten Kopfschmerzen zurück.

Und obwohl mir absolut nicht danach zu Mute ist, kann ich es nicht verhindern, dass sich ein Lächeln auf meine Lippen schleicht, als mir die Motivwahl auffällt.

»Ganz genau, mein scharfsinniger Freund. Ein Werbeplakat«, grinst Toulouse selbstgefällig, sodass seine Bartspitzen zucken. Seine Armspanne ist nicht weit genug, um das Poster gerade in seiner vollständigen Breite zeigen zu können, sodass er es unzufrieden grummelnd auf dem blanken Holzboden ausbreitet. Sorgsam streicht er das Papier glatt, ehe er fortfährt:

»Und? Was sagst du?«

Seine Stimme wird schrill.

»Ich komme direkt von Charles.«

»Oh, sieh mal einer an, ihr duzt euch?«

Nur halbherzig verkneife ich mir ein Lachen. Toulouse wirft mir einen bösen Blick zu, energisch die letzten Fältchen an den Ecken glättend.

Spöttisch ziehe ich beim Betrachten des überaus bunten Werks meines Freundes die Augenbraue hoch. Anlass des Plakats ist die Ankündigung der zweimal wöchentlich stattfindenden Tanz- und Maskenbälle, zu denen sich schier halb Paris im Innern des *Moulin Rouges* versammelt. In leuchtendem Rot prangt der Schriftzug des berüchtigten Varietés über dem freizügigen Abbild einer tanzenden Frau, die ihre langen Beine aufreizend in die Höhe streckt.

Des kauzigen Malers liebstes Motiv.

Die lediglich als unklarer Schattenriss gezeigte Gestalt im Hintergrund des Posters kommt im Vergleich allerdings gar nicht gut weg.

»Und was hat Zidler dazu gesagt?«, hake ich gedehnt nach.

Sich selbstzufrieden in die Brust werfend und stolz den Rücken durchdrückend, platzt es aus Toulouse heraus, als habe er die ganze Zeit über nur darauf gewartet, dass ich endlich diese Frage stellte.

»Ich habe um zehn einen Termin mit der Druckerei.

Heute Abend schon wirst du um den *Place Blanche* keine einzige Wand mehr finden, an der es nicht hängen wird!«

»Heute Abend? Ist das nicht ein bisschen kurzfristig?«

»Ich habe es nicht früher fertigbekommen und Zidler will es für den heutigen Tanzball unbedingt als Werbung haben«, antwortet er, gegen Ende des Satzes wieder auffallend schrill.

»Die ganze Nacht habe ich daran gesessen. Von wegen aus dem Bett gefallen, mein Lieber.«

Erst jetzt fallen mir die violetten Ringe unter seinen Augen auf. Wortlos sehe ich dabei zu, wie Toulouse selig grinsend beginnt, das Plakat zusammenzurollen.

»Ich bin gespannt, was Louise sagen wird.«

Sein Blick nimmt augenblicklich einen anderen Ausdruck an, als er an der Cancan tanzenden Frau in den weiten, wallenden Röcken hängen bleibt und mit dem Einrollen für einen kurzen Augenblick innehält.

»Sicherlich findet sich *Louise* gut getroffen«, entgegne ich grinsend.

Anscheinend waren Toulouse und das Motiv seines Plakats über die Phase des stummen, gegenseitigen Anstarrens hinausgekommen.

Toulouse ignoriert meinen Kommentar. Wortlos zurrt er den Knoten des Paketbandes fest und erhebt sich mit knackenden Knien.

Oh nein.

Sein schweifender Blick bleibt an der weißen Leinwand hängen. Das bärtige Kinn zwischen zwei Fingern reibend, tritt er näher an die Staffelei, bis seine Nasespitze beinah gegen den Holzrahmen stößt.

»Noch immer nichts, mh?«

Seine Hand schlägt einige Male bestätigend gegen den

unteren Teil der Leinwand. Er zieht die Augenbrauen hoch, sodass sie sich wie dunkle Halbmonde über den Rand seiner Brille spannen. Ich zucke nur entschuldigend mit den Schultern und weiche seinem fragenden Blick aus.

Mitleid und ein diffuser Vorwurf spiegeln sich in ihm wider.

»Was hast du da eigentlich noch mitgebracht? Dieser Schwung an Papierkram?«, wechsle ich hastig das Thema, und ohne mein Zutun vollführen meine Arme eine viel zu ausladende Geste zu dem Stapel an Blättern auf dem Tisch. Toulouse zuckt müde mit den Achseln.

»Skizzen, Ideen, Impressionen. Wie auch immer du es nennen willst. Ich dachte mir, ich bringe dir mal ein wenig Leben in deine bescheidene Hütte.«

»Du hast ausgemistet und dachtest dir, dass du bei mir deinen Müll abladen kannst«, entgegne ich spitz und um einiges schnippischer, als beabsichtigt. Das Resultat ist, dass sich die buschigen Brauen verärgert zusammenziehen.

»Ganz im Gegenteil, mein junger Freund. Ich habe mit viel Bedacht ausgewählt«, entgegnet er knapp und mit einer gewissen Kühle. Er geht zum Tisch und wirft mir anschließend einen Stapel an fein ausgearbeiteten Skizzen der Basilika Sacré-Cœur in den Schoß.

»Ich hätte dir auch Zeichnungen von wunderschönen, nackten Frauen mitbringen können, aber ich dachte mir, das hier passt besser zu dir.«

Ich bekomme nichts weiter als ein kurzes Nicken zustande, während ich in einem schnellen Abmessen die Skizzen durchblättere, seinen Seitenhieb wohlweislich ignorierend. Meine Güte, wie lange bin ich denn nicht mehr aus meinem Atelier herausgekommen?

»Bedank dich bei mir, indem du endlich was damit anfängst und aus deiner Apathie erwachst!«

Toulouse verdreht theatralisch die Augen, als ich ihn verständnislos anblicke.

»Meine Güte, Junge, mach' was draus, mehr kann ich dir nicht raten. Während du hier im Innern hockst, Grünspan ansetzt und Trübsal bläst, zieht draußen das Leben an dir vorbei!«

Wie zur Bestätigung seiner Worte beginnt auf der Straße unter meinem Fenster just in diesem Moment ein Kind lauthals nach seiner Mutter zu schreien.

»Mir würde ebenso wenig einfallen, würde ich Tag um Tag nur die gleichen, abblätternden Tapeten anstarren.«

Sein Blick bleibt kurz an der kreideweißen Leinwand hängen.

»Andererseits, warum abgelegte Inspirationen aus zweiter Hand aufwärmen, wenn du sie genauso gut erleben kannst?«

Er scheint dies mehr zu sich selbst als an mich gerichtet zu haben. Gedankenverloren dreht er die Bartspitzen zwischen seinen schwieligen Fingern, bis es ihn wie ein Blitz durchfährt und sich sein ganzer Körper aufrichtet.

»Und ich kenne zufällig genau den richtigen Ort für ein solches Unterfangen!«

»Der da wäre?«, echoe ich matt, mit dem flauen Gefühl im Magen, dass ich seine Antwort auf meine Frage bereits kenne und sie mir nicht gefallen wird.

»Das *Moulin Rouge*!«

»Ich weiß nicht.«

»Wie bitte, du weißt nicht? Was zur Hölle gibt es beim *Moulin Rouge* nicht zu wissen?«

Er springt mir beinah ins Gesicht bei diesen Worten.

»Und was willst du stattdessen machen, mh? Hier in deiner Abstellkammer versauern und die weiße Leinwand hypnotisieren, in der Hoffnung, dass sich dein nächstes Bild von selbst malt?«

Toulouse vollführt eine wegwischende Handbewegung, als wolle er alle im Raum schwebenden Einwände mit einem Schlag zerstreuen.

»Du musst rauskommen, mein junger Freund. Leben! Du bist hier inmitten von Leben, der lebendigsten Stadt der Welt. Und was machst du?«

Schweigend weiche ich seinem Blick aus und lasse mich immer tiefer in die Federn der Couch sinken. In der vagen Hoffnung, sie möge mich verschlucken.

»Diese Frage kann ich problemlos für dich beantworten, mein Lieber«, poltert er weiter, sich mit jedem Wort mehr in Rage redend. »Nichts tust du. Rein gar nichts!«

Das weiße Quadrat.

Es fröstelt mich. *Nichts.*

Deutlich hörbar ausatmend, versucht sich mein Freund zu sammeln. Unbeholfen geht er vor mir in die Hocke und ein wenig sanfter, jedoch nicht weniger vorwurfsvoll, fährt er fort:

»Noël, das kann so nicht weitergehen. Warum bist du überhaupt noch hier, wenn du gar nicht mehr hier sein willst?«

Seine dunklen Augen versuchen unentwegt Blickkontakt mit den meinen aufzunehmen, doch ich lasse das nicht zu.

Ich schüttle nur abwehrend den Kopf, den Blick unverwandt auf das weiße Nichts gerichtet, mit aller Macht die aufsteigenden Tränen unterdrückend.

Zwei warme Hände legen sich auf meine Knie, drücken sanft zu.

»Noël?«

»Ich weiß es nicht.« Mein Hals fühlt sich wund und kratzig an. »Ich weiß es einfach nicht.«

Toulouse nickt nur. Die Wärme weicht von meinen Knien, als er sich mit steifen Bewegungen aufrichtet und beginnt, lustlos das Zimmer zu durchmessen.

»Ich weiß zumindest eines. Du hockst hier und vergeudest deine Jugend und dein Talent. Und das ertrage ich nicht.«

Das gerollte Poster fest unter seinen Arm geklemmt, rückt er den leicht verbeulten Zylinder zurecht, ehe er sich zur Tür wendet.

»Wie du weißt, habe ich noch einen Termin mit der Druckerei«, gibt er im Gehen von sich und ich kann nicht in Worte fassen, wie erleichtert ich darüber bin.

»Viel Erfolg wünsche ich dir«, rufe ich ihm nach und schaue verdutzt hoch, als er noch einmal innehält.

»Den Erfolg wirst du sehen. Wie ich bereits sagte, heute Abend wirst du keine Straße um den *Place Blanche* mehr finden, in der mein Poster nicht hängen wird.«

Im Gehen winkt er mir noch kurz über die Schulter hinweg zu.

»Wir sehen uns heute Abend. Halb acht steht die Kalesche vor deiner Tür. Keine Widerrede! Und wenn ich dich persönlich aus diesem Haus schleifen muss!«

Zum Abschied schlägt er die Tür mit einer solchen Wucht ins Schloss, dass die maroden Schrauben der Türscharniere gefährlich wackeln.

Mit einem Mal kommt mir die Stille in meinem Atelier unerträglich vor.

Kapitel 2

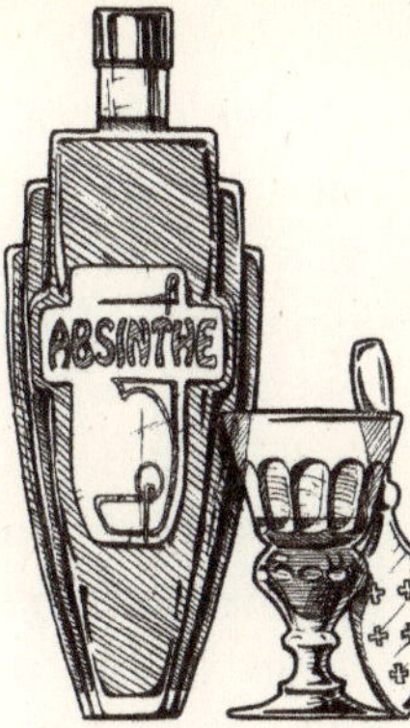

Wie ein rotes Leuchtfeuer drehen sie sich in der Ferne und stechen mir so penetrant in die Augen, dass ich sie schnell zukneife. Mit spielerischer Leichtigkeit ziehen sie die Aufmerksamkeit aller, die sie auch nur für einen kurzen Moment erblicken, auf sich. Die überdimensionierten Flügel der berühmt-berüchtigten roten Mühle, deren grelle Farben die Besucher anlocken wie ein Irrlicht die Motten in der Dunkelheit, drehen sich wie von Geisterhand betrieben in einem stets gleichbleibenden, monotonen Rhythmus – Elektrizität. Ihr ist mit Sicherheit auch das warme und dennoch seltsam unwirkliche Licht der vielen kleinen Lämpchen geschuldet, die den *Place Blanche* an diesem angenehm kühlen Spätsommerabend erhellen.

Der Erfolg dieses Varietés ist in der Tat beeindruckend. Erst vor drei Jahren eröffnet, hat sich das *Moulin Rouge* in einer atemberaubenden Geschwindigkeit zu einem *der* Publikumsmagneten des Montmartre gemausert. Ein Anziehungspunkt für Männer und Frauen aus allen gesellschaftlichen Schichten – und mein werter Freund Toulouse stets mittendrin im Getümmel. Seinen Erzählungen zufolge tanzen und schunkeln hier Fabrikbesitzer und Gewerkschaftsführer mit einem seligen Lächeln auf den Lippen Seite an Seite und vornehme Adlige erheben die

Gläser mit hoffnungslos abgebrannten Schöngeistern. In dieser Halbwelt des frivolen Nervenkitzels gibt es offensichtlich keinerlei Klassenunterschiede. Das ist auch der einzige Aspekt, in dem mir das *Moulin Rouge* nicht bis ins Mark suspekt ist. Ein jeder sei gleich dem anderen, haben sie doch allesamt ihren Franc für ein Ticket in eine farbenprächtige, für kurze Zeit die Realität übertünchende Traumlandschaft bezahlt.

So lauten die in den schillerndsten Farben ausgeschmückten Erzählungen, die man über diesen Ort in den Straßen des Montmartre zu hören bekommt, und ich glaube ihnen. Denn wenn einer wissen muss, wie es im Innern der roten Mühle wirklich zugeht, so ist es der kleine Mann neben mir, der sich gerade mit einem wohligen Murmeln tiefer in die zerschlissenen Ledersitze der Kalesche drückt. Seit der Eröffnung ist Toulouse beinah jeden Abend im *Moulin Rouge* anzutreffen, unter dem mehr als fadenscheinigen Vorwand, neue Motive für seine Bilder finden zu wollen.

Wirklich mehr als fadenscheinig, denn nicht erst seitdem ich von Louise weiß, beschleicht mich der Verdacht, dass es ihm bei seiner Begeisterung für dieses Varieté längst nicht mehr nur um die Ausübung seiner Kunst geht. Sollte es ihm jemals darum gegangen sein.

Ich werfe meinem Freund einen verstohlenen Blick zu. Es beschleicht mich die Frage, ob seine Chancen bei Louise wirklich so gut stehen, wie er es sich wünscht.

Mit Wohlwollen und auf hohen Absätzen reicht Toulouse an die 1,50 Meter, wodurch er stets etwas Verhutzeltes, Zwergenhaftes an sich hat. Er ist noch jung, noch keine dreißig, doch lassen ihn der wallende Bart und seine verschrobene Art bedeutend älter wirken.

»Ich bin dir übrigens immer noch böse, dass du mich allen Ernstes in dieses Tollhaus schleifst.«

Ich blicke nach vorne, hinaus auf die schnell vorbeiziehende Straße, doch erkenne ich aus dem Augenwinkel, wie sich ein selbstzufriedenes Lächeln auf den Lippen meines Freundes formt, ehe er antwortet:

»Manche Menschen muss man eben zu ihrem Glück zwingen, mein junger Freund. Finde dich damit ab. Du hast einen Tapetenwechsel bitter nötig.«

»Und manche Menschen vertrauen zu sehr darauf, dass man ihnen all ihre Faxen verzeiht.«

»Natürlich. Und eigentlich hast du mir auch schon längst verziehen.«

Auch wenn ich es nicht sehe, so weiß ich, dass sich seine Augenbrauen wieder fragend über die Brillenränder spannen. Und das Schlimmste ist, dass er recht hat. Eigentlich bin ich ihm längst nicht mehr böse. Die Wut ist bereits im Laufe des Tages abgeflaut und hat einem wesentlich ekligeren Gefühl Platz gemacht. Seit Stunden fühle ich mich fürchterlich aufgekratzt und auf kindliche Weise nervös, dass es mir den Magen zusammenkrampft und ich meine Hände nicht mehr stillhalten kann. Daran ändert auch nichts, dass sich die Anzahl der von Toulouse gemalten Plakate, die schemenhaft an uns vorbeijagen, innerhalb der letzten Minuten vervielfacht hat. Wie von meinem Freund angepriesen, hängen sie in diversen Ausführungen an allen Wänden und an jeder Litfaßsäule.

Wir kommen näher. Die roten Flügel werden größer.

Bedrohlicher.

Das schnelle, gleichmäßige Klappern der Hufe auf unebenem Kopfsteinpflaster und das Rattern der Räder gleicht einem beruhigenden, beständig gleichbleibenden

Stakkato, dessen Abstände kürzer werden, als die Kalesche auf den *Boulevard de Clichy* einbiegt und auf Schritttempo abbremst.

»Da sind wir ja endlich!«, frohlockt Toulouse und klatscht die Hände ineinander. Ich wünschte aufrichtig, ich könnte seine Freude teilen. Meine Hände verkrampfen sich unwillkürlich in meinem Schoß, taube Finger krallen sich ineinander.

Mühsam richtet sich Toulouse in den von viel zu vielen Fahrgästen durchgesessenen Polstern auf und lehnt sich bereits halb aus dem Innern des Wagens, selbst als dieser noch nicht ganz steht. Er kann es kaum mehr erwarten auszusteigen. Mit versierten Handgriffen richtet er sich den schiefsitzenden Zylinder und wirft sich in Positur. Die Pferde halten mit leisem Schnauben einige Meter vom Eingang des Varietés entfernt hinter einer langen Schlange von weiteren Kutschen und Droschken.

Und wie ich es mir nicht anders in meinen schlimmsten Albträumen hätte ausmalen können, scheint allgemeine Hektik und turbulente Aufregung diesen Ort fest im Griff zu haben. Sobald die Dämmerung einsetzt, kommen die Menschen von überall her wie Nachtfalter aus ihren Verstecken eingetrudelt. Im flackernden Licht der Gaslaternen vor dem *Moulin Rouge* schimmern die bunten Kleider der Frauen wie die Flügel eines Schmetterlings und das warme Licht bricht sich in den glänzenden Zylindern ihrer Begleiter.

Die metallene Trittleiter mit zwei für ihn sehr großen, federnden Schritten hinabspringend, richtet Toulouse sein etwas zerknittertes, schwarzes Cape, ehe er abwartend und mit einer nicht zu übersehenden Ungeduld zu mir heraufblickt.

»Heute noch, Monsieur. Die Damen warten nicht!«

Sein kleiner Fuß trippelt bei diesen Worten ungeduldig auf das Kopfsteinpflaster.

Eilig versuche ich, meine doch wesentlich längeren Beine aus dem engen Innern des Wagens zu befreien und als es mir schließlich gelingt, hat sich mein Begleiter bereits auf dem Absatz umgedreht und tapert schnellen Schrittes das Trottoir hinab, seinen Spazierstock dabei lässig in der linken Hand hin und her schwingend wie ein Dandy.

Ich folge ihm kopfschüttelnd.

Meine Güte, Toulouse hat wirklich nicht übertrieben, als er sagte, es würde um das *Moulin Rouge* keine Straße mehr ohne sein Plakat geben. Louise strahlt mir in zigfacher Ausführung von allen Seiten entgegen, das Rot der Schrift leuchtet warm, der Druck ist erstaunlich gut geworden. Das haben sich Oller und Zidler einiges kosten lassen.

»So, mein lieber Freund, da wären wir«, verkündet Toulouse lautstark und vollführt eine ausladende Geste, als wir vor der Front des *Moulin Rouge* direkt unter der sich leise surrend, fortwährend drehenden Mühle zum Stehen kommen.

»Was du nicht sagst, Toulouse«, murmle ich abwesend und bin gänzlich fasziniert von den sich direkt über meinem Kopf drehenden bunten Lichtern. Bewundernd lege ich meinen Kopf in den Nacken, dass mir beinah der Zylinder vom Kopf fällt. Wie fast alles an meiner Ausstattung ist auch er eine Leihgabe eines von Toulouses zahlreichen Freunden. Wir haben nur leider nicht dieselbe Größe, weder was Zylinder noch Jacketts anbelangt, woran mich der immer wieder von meinen Schultern rutschende Stoff stets aufs Neue erinnert.

Ohne mein Zutun schleichen sich mir die Bilder eines

ausstaffierten Pudels in den Sinn, die ich jedoch sofort energisch abzuschütteln versuche. Ziellos schweift mein Blick umher. Wandert von den kleinen Lämpchen auf den Flügeln hinüber zum Dach und wieder zurück. Ich wende mich zur Seite, um besser an meinem Jackett herumwerkeln zu können, als ich den eindrucksvollen, mittelalterlich anmutenden Turm zur Linken des Varietés bemerke.

»Was ist das für ein Turm?«

»Das ist der gotische Turm. Dort kannst du zu Abend essen, wenn du willst«, entgegnet Toulouse trocken. Für ihn ist am Äußeren des *Moulin Rouge* absolut nichts mehr neu oder interessant. Er hat bereits damit begonnen, sich an der langen Schlange der Wartenden vorbeizudrängeln, und bedeutet mir mit hektischen Handbewegungen ihm zu folgen. Er schwingt seinen auf Hochglanz polierten Gehstock dabei so wild hin und her, dass es einem der Herren neben ihm beinah den Zylinder vom Kopf schlägt. Den finsteren Blick, den sich Toulouse dafür einfängt, registriert er nicht.

Ich werfe noch einen letzten Blick auf den erkerhaften Vorbau, der sich wie die Turmspitze einer Kathedrale in den langsam dunkler werdenden Himmel erhebt, und schon folge ich Toulouse widerwillig an der Warteschlange vorbei. Dieser Turm steht ganz im Gegensatz zum restlichen, gedrungenen Erscheinungsbild der roten Mühle. Sie ist viel zu grell, viel zu bunt.

Ein eiskalter Schauer jagt mir Gänsehaut über den Rücken und kriecht mir in alle Glieder. Das Gemurmel und die bösen Seitenblicke stoisch ignorierend, versuche ich mein Bestes, mich so schnell wie möglich an der wartenden Masse hinter Toulouse her zu schlängeln, der allein aufgrund seiner geringen Größe einen überwältigenden Vorteil hat.

Eines schönen Tages werde ich Toulouse schonend beibringen müssen, dass mir Veranstaltungen, auf denen sich viel zu viele Menschen in viel zu enge Räume drängen und mit viel zu lauten Stimmen miteinander sprechen, ein absoluter Gräuel sind. Der bleierne Knoten in meiner Magengrube wächst zu einem greifbaren Etwas heran und er wächst noch einmal um ein beachtliches Stück, als wir uns an der Reihe vorbei durch das niedrige Eingangsportal quetschen und mir einer der genervten Wartenden einen heftigen Stoß in die Rippen versetzt.

Das Innere des Eingangsbereichs ist schrecklich düster. Nur hinter dem Glas des Ticketschalters brennt ein schwaches Petroleumlicht. Toulouse nickt dem hageren Mann mit der ausdrucklosen Miene am Schalter einmal kurz höflich zu und lüpft den Zylinder, das Raunen und Murmeln der anderen Besucher hinter sich mit gewohnter Gelassenheit ausblendend. Der Mann hinter dem Glas erwidert die Geste, doch selbst mit sehr viel Wohlwollen ist das Rucken der bärtigen Mundwinkel kaum als Lächeln auszumachen. Und selbst dieses kurze Rucken verschwindet augenblicklich wieder, als seine trüben Augen zu mir wandern. Sofort huscht die nichtssagende Miene zurück auf sein Gesicht.

»Ticket, Monsieur.«

Mit einer mechanisch anmutenden Geste streckt er seine knochige Hand durch das kleine Loch in der Glasscheibe und hält sie mir wartend entgegen.

»Aber ich habe –«

Bevor ich auch nur noch ein weiteres Wort sagen kann, zieht mich Toulouse so heftig an meinem Ärmel von der

Glasscheibe weg, dass mir das Jackett bis in die Armbeuge rutscht und das rostfleckige Hemd darunter entblößt.

»Das geht in Ordnung, Jaques. Unser junger Freund hier gehört zu mir«, erklärt er, während er mich mit enormer Kraft am Sichtfenster vorbeizerrt und in den Vorhof das Varietés schubst.

Taumelnd finde ich mein Gleichgewicht wieder und fühle mich in diesem Moment so unglaublich verloren.

»Weißt du, wo Zidler steckt?«, fragt Toulouse im freundlichsten Plauderton. Jaques verzieht noch immer keine Miene.

»Gespräch mit Oller im Turm, kann nicht mehr lange dauern«, erfolgt die geschnarrte Antwort und mit einem abrupten Kopfrucken weist Jaques Toulouse ins Innere, jedoch nicht, ohne mich noch eines abschätzigen Blickes zu würdigen. Offensichtlich ist er alles andere als erfreut darüber, mich ticketlos durchzuwinken.

»Herrje, ich hatte ja ganz vergessen, dass man dich hier noch gar nicht kennt«, lacht Toulouse schallend sein sonores Lachen, als er sich bei mir unterhakt und mich gnadenlos weiter in den von vielen gespannten Lichterketten hell erleuchteten Innenhof schleift. Mein Arm fühlt sich an, als wäre er in einen Schraubstock gespannt.

»Ich bin mir nicht sicher, ob das jetzt ein Vor- oder ein Nachteil ist«, entgegne ich atemlos, ich kann noch immer die bösen Blicke Jaques' spüren, wie sie sich wie Pfeilspitzen in meinen Rücken bohren.

Der gartenähnliche Innenhof, der sich vor uns am Fuße eines kleinen Hügels erstreckt, quillt über vor Menschen, pulsiert und dröhnt vor Stimmengewirr. Und unweigerlich steuert Toulouse uns mitten hinein in den Tumult.

Viel zu viele Eindrücke prasseln in viel zu kurzer Zeit auf mich hernieder und schlagen wie eine mannshohe Welle über meinem Kopf zusammen. Gerade waren wir noch auf der schlecht beleuchteten, dreckigen Straße des *Place Blanche*. Doch nun wurden wir wie Gulliver in eine andere, fremde Welt hineingeworfen.

»Ich warne dich, Toulouse. Wehe, du lässt mich hier allein in diesem Chaos«, zische ich gepresst, im Slalom weiterhin Armen, Beinen, Kleidern, Hüten und Stöcken ausweichend.

Es ist unsäglich voll. Dicht an dicht gedrängt stehen Männer und Frauen vor einer kleinen, hölzernen Bühne, auf der eine Reihe von Mädchen in gefährlich durchsichtigen Tutus gerade etwas aufführen, das nur mit sehr viel Fantasie Ähnlichkeit mit Ballett aufweist. Und neben der Bühne ragt etwas Graues, Großes in den Himmel und mir fallen vor lauter Starren bald die Augen aus dem Kopf.

»Toulouse, dort drüben steht ein Elefant!«

Mein Gott, muss sich das dumm anhören!

Doch dort steht unzweifelhaft ein lebendiger Elefant. Riesig, grau und ungemein faltig.

Toulouse zu meiner Linken wendet jedoch noch nicht einmal den Kopf zu der Monstrosität, nur ein schiefes Lächeln verzieht seinen Mund.

»Der ist nicht echt«, spricht er es in den allgegenwärtigen Trubel hinein, sodass seine Worte mich nur undeutlich erreichen.

»Nichts weiter als Tonnen und Tonnen von Stuck. Überbleibsel der Weltausstellung von vor zwei Jahren.«

Er verdreht die Augen.

»Noch etwas, das uns neben diesem scheußlichen Stahlskelett am *Champ de Mars* dauerhaft von der Ausstellung geblieben ist. Keine Ahnung, für welches Land er ursprünglich hergestellt wurde, aber hinterher wusste keiner mehr, wohin mit dem Ding, da hat Zidler ihn für 'nen Apfel und 'n Ei gekauft.«

Mit einer von Gewohnheit zeugenden Gewandtheit bahnt sich Toulouse weiter mit mir im Schlepptau seinen Weg durch die Massen, als habe er eine imaginäre Landkarte vor Augen, denn er kann in diesem Wald aus schwarzgewandeten Rücken und Beinen unmöglich sehen, wohin er läuft.

»Ich wusste gar nicht, wie schnell man dich mit großen Dingen beeindrucken kann, Noël«, setzt er mit spöttischer Stimme nach und ich höre abrupt damit auf, mir nach dem Stuckungetüm den Hals zu verrenken.

»Du kannst da auch reingehen. In den Elefanten, meine ich, wenn – Jesus Christus, wenn du es schaffst, an diesen Nilpferden vorbeizukommen, Herrgott noch mal! Machen Sie sich doch noch ein wenig breiter, Madame, dann braucht Ihr Hinterteil bald sein eigenes Arrondissement!«, giftet der Gnom, als er einen haarscharfen Haken um eine Gruppe sich unterhaltener, älterer Damen schlägt, deren Brüste aus den viel zu engen Rüschenkleidern quellen und deren überaus breite Hinterteile definitiv keiner ausladender Tournüre mehr bedurft hätten. Da sie Toulouse wegen seiner Größe einfach übersehen, werfen sie mir zuerst irritierte, dann mörderische Blicke zu.

Eilig haste ich meinem Begleiter hinterher, mit Wangen so rot, dass sie den Mühlenflügeln Konkurrenz machen könnten.

Toulouse schlägt einen weiteren Bogen, diesmal um zwei Männer in feinen, gebügelten Anzügen und stocksteifen Zylindern.

Auch wenn er dies niemals zugeben würde, so muss es ihn doch wahrlich nerven, dass er sich mit mir Bremsklotz am Bein nicht so schnell fortbewegen kann, wie es ihm lieb wäre. Unter gepresstem Schnaufen zerrt er mich an der Bühne vorbei und bleibt letztlich einige Meter vor der Schlange zum Innenraum des Varietés stehen. Mit verkniffenem Gesicht hält er sich die Seite.

»Meine Güte, das wird auch jedes Mal voller in dem Schuppen«, nuschelt er gepresst im Versuch, die Seitenstiche wegzuatmen.

Ich nicke geistesabwesend. All diese ungewohnten Eindrücke schwappen mit einer brachialen Intensität auf mich hernieder, dass mir der Kopf schwirrt.

Wo zur Hölle bin ich hier nur hineingeraten?

Die bunten Lichter flimmern und flirren vor meinen Augen wie aufgeschreckte Glühwürmchen, sie tanzen mal hierhin, mal dorthin.

»Ich denke, einen Sitzplatz können wir getrost vergessen«, sinniert Toulouse neben mir leise vor sich hin, auch wenn er unmöglich mehr sehen kann als die Rücken seiner Vordermänner.

Die Schlange macht nur schleppend Fortschritte. Quälend langsam presst sich Mensch nach Mensch in den schon hoffnungslos überfüllten, schummrigen Innenraum. Ein Meer aus dunklen Hüten. Ich stelle mich auf die Zehenspitzen, um über die Köpfe der Menge hinwegzuschauen. Ein großer, bärtiger Mann kommt hakenschlagend auf uns zu.

»Toulouse, alter Pinselschwinger!«

Es durchfährt mich wie ein Stromschlag, dieses donnernde Rufen nach meinem Freund, welches selbst das Lärmen der Masse problemlos übertönt.

»Charles, wenn das kein Zufall ist, dich hier zu treffen!« Toulouses Bartspitzen zucken amüsiert.

Charles Zidler.

Selbst das Lachen des Inhabers dröhnt mit Leichtigkeit über das summende Stimmengewirr hinweg und mit einigen großen Schritten bahnt sich ein Hüne von Mann einen Weg durch die erstaunt dreinschauende Menschentraube.

»Geschäfte im Turm«, entgegnet er sogleich entschuldigend und ohne weitere Erklärung, da er uns erreicht und sich in voller Größe vor uns aufbaut. Ein massiger Mann um die fünfzig, mit dunklen, von buschigen Brauen umgebenen Augen, die strahlend auf den ihm gerade mal bis zum Gürtel reichenden Toulouse hinabblicken. Sein ausladender, schlohweißer Backenbart verleiht ihm ein wildes Aussehen.

Mich nimmt er nicht wahr.

»Ich habe davon gehört«, entgegnet Toulouse wissend und stemmt die Hände herausfordernd in die Hüften. »Und wie ich sehe, wird meine Kunst ausreichend gewürdigt. Keine Wand, an der es nicht hängt. Wie versprochen.«

Zidler lacht erneut sein einnehmendes Lachen, das von seinem ganzen Körper Besitz ergreift und ihn zum Vibrieren bringt.

»Natürlich, Toulouse, natürlich. Abgemacht ist abgemacht. Und Louise ist schier außer sich vor Freude über das Poster, sie war drauf und dran, mir um den Hals zu fallen, als ich es ihr heute Morgen gezeigt habe. Sie kann es kaum erwarten, dir zu danken.«

Toulouse scheint bei diesen so lapidar daher gesagten Worten um einige Zentimeter zu wachsen.

»Ist das so?«, fragt er schließlich betont gelassen. »Dann

sollte ich wohl schnellstens mit ihr sprechen, damit sie mir wirklich um den Hals fallen kann. Allerdings wird das schwierig werden, bei der Schlange.« Mit einem abgehackten Kopfrucken weist er vage in die Richtung der ebenfalls Anstehenden vor uns. Zidler zwinkert seinem Maler verschwörerisch zu.

»Kein Problem, folg mir. Ich habe eh noch das ein oder andere Wörtchen wegen zukünftiger Werbung mit dir zu wechseln.«

Toulouse lacht auf und deutet anschließend mit seiner freien Hand auf mich.

»Bevor ich es vergesse, Charles. Darf ich vorstellen: Noël Poisonnier. Ein junger, aufstrebender Künstler und enger Freund von mir. Er ist zum ersten Mal hier und ich kann ihn unmöglich allein umherirren lassen. Da finde ich ihn morgen früh nur völlig verkatert in der Gosse wieder.«

Ich beiße mir auf die Lippen, um mir einen gepfefferten Kommentar zu verkneifen. Nur mit Müh und Not bekommen meine angespannten Gesichtsmuskeln ein angedeutetes Lächeln für Zidler zustande.

Dankenswerterweise übergeht Zidler Toulouses Kommentar mit der Gosse geflissentlich und macht sich uns voran auf den Weg quer über den Innenhof. »Noch ein kunstschaffender Freigeist, meiner Treu! Ihr seid wie Motten. Überall, wo es bunt und was los ist, kann man sich sicher sein, euch zu finden, nicht wahr?« Er grinst schelmisch und es will nicht recht zu seinem einschüchternden Bart passen.

Unschlüssig rucke ich mit den Schultern. Ich weiß nicht, ob ich diesen Kommentar als Kompliment auffassen soll.

»Naja, als Künstler sollte man ja schon versuchen, das Leben einzufangen ...«

Toulouses Augenbrauen heben sich.

»Ebenfalls Maler?«, fragt Zidler einigermaßen interessiert klingend nach, ohne sich dabei zu mir umzudrehen. Zielstrebig steuert er eine schmale Seitentür am Rande der Bühne mit den halbnackten Mädchen an.

»Ja, Maler.«

Das Wort klingt so armselig aus meinem Mund. Es hat einen vollkommen anderen Klang, wenn Toulouse dies von sich behauptet. Der Betrieb um uns herum legt sich langsam. Artig reihen sich auch die letzten verbliebenen Gruppen und Pärchen in die Schlange ein.

»Hätte ich gar nicht gedacht«, fährt Zidler fort und ich zucke zusammen. Ich hatte mit überhaupt keiner weiteren Reaktion mehr gerechnet. Er wühlt in den Taschen seiner weißen Manchesterhose und fördert schließlich einen Schlüsselbund zutage.

»Ich dachte, ihr kreatives Volk würdet allesamt so extravagant aussehen wie unser werter Toulouse hier. Du könntest fast als anständiger Kerl durchgehen, mein Junge.« Er bricht erneut in schallendes Gelächter aus und rammt den gefundenen Schlüssel ins Schloss. Das war nun definitiv kein Kompliment mehr.

Kapitel 3

Der Vorhof zur Hölle hätte nicht lauter, heißer und ausgelassener sein können als das Innere des *Moulin Rouge* in dieser Nacht. Nach einem schier endlos erscheinenden Labyrinth aus schmalen Korridoren und spärlich beleuchteten Gängen platzen wir schließlich, noch immer angeführt von Charles Zidler, durch eine Seitentür mitten hinein ins Getümmel des Varietés. Die Luft steht vor Rauch, billigem Parfüm und Schweißgeruch. Die Stimmung ist wie statisch aufgeladen. Überall elektrische Lichter, die sich hundertfach in den bunten Kleidern und Roben der Gäste brechen und billigen Tand zum Funkeln bringen, als seien es lupenreine Diamanten. Inmitten dieses überbrodelnden Hexenkessels sieht eine ausgelassene, wild feiernde Menge begeistert dabei zu, wie eine junge, blonde Frau mit dunklen Seidenstrümpfen in einem mehr als nur aufreizenden Spitzenhöschen auf dem Rücken liegt und die Beine in die Lüfte streckt und mit ihnen strampelt, als würde sie Hochrad fahren.

Die Meute tobt, als sie sich schließlich herumdreht und den mit einem roten Herzchen verzierten Allerwertesten in die Höhe reckt, dabei kokett über die Schulter einen Schmollmund formt und den Herren neckisch zuwinkert, ehe ihr dunkel gekleideter Tanzpartner sie elegant zurück auf die Beine zieht und in einen schnellen

Tango verwickelt. Mit einem kecken Lachen setzt sie sich sogleich den Zylinder ihres Begleiters auf die wallende Mähne.

»Das ist Louise! Virtuos wie immer!«, schreit Toulouse gegen die allgegenwärtige Geräuschkulisse an. Er grinst breit über das gesamte bärtige Gesicht.

Irgendwie dachte ich mir das schon.

Und auch wenn ich ihn nicht absonderlich sympathisch finde, so bin ich in diesem Moment doch unsagbar froh darüber, dass wir Zidler folgen. Er ist wie ein Wellenbrecher. Nicht nur aufgrund seiner Größe, vielmehr noch aufgrund seines Status, als Teilhaber des *Moulin Rouge* springen ihm die Menschen aus dem Weg und bilden eine Gasse, wo immer er auch geht und steht. Ein Spalier, in das Toulouse und ich uns dankbar und eiligst einreihen.

Sichtlich zufrieden lässt sich Toulouse in einen der zerschlissenen Ohrenbackensessel in der Loge fallen, in die Zidler uns zielstrebig manövriert hat. Mit wackeligen Beinen und wattigem Kopf tue ich es ihm gleich und lasse mich tief in die dunkelroten Polster sinken, die sich sogleich sanft an mich schmiegen. Wenn sie mich doch nur verschlucken würden. Ich verstehe nicht, was Toulouse und Zidler neben mir besprechen, höre nur noch das aufdringliche Gelächter der Damen und das Pfeifen der Männer, und all das permanent überlagert durch diese schrecklich aufdringliche 2/4-Taktmusik.

Erst als die Musik verstummt und der tosende Beifall abebbt, blicke ich hinüber auf die Tanzfläche, von der sich gerade unter vielen Luftküssen, Verbeugungen, Knicksen und weiteren Luftküssen Louise fürs Erste von ihrer Anhängerschar verabschiedet.

»Großartig, nicht wahr?!«, brüllt Toulouse direkt in

mein Ohr. Ihm ist offensichtlich noch nicht aufgefallen, dass die Musik zu spielen aufgehört hat.

Mit einem gekünstelten Lächeln nicke ich nur hektisch und nehme stumm das Glas aus seinen Händen entgegen. Mehr denn je sieht Toulouse aus wie ein Dandy, wie er sich so in den Tiefen des für seine Größe viel zu überdimensionierten Sessels fläzt, lässig eine Zigarre raucht und mit der anderen Hand das Glas Cognac schwenkt. Henri Toulouse-Lautrec ist in seinem Wohnzimmer angekommen.

»Eine großartige Atmosphäre, so voller Leben und Ekstase«, fährt mein Freund in einem etwas gemäßigteren Tonfall fort und seine Mundwinkel zittern verzückt.

»Und du wolltest allen Ernstes zu Hause bleiben, mein Junge.« Er schüttelt verständnislos den Kopf.

»Ja, es ist ... *interessant*.« Ich lächle das wohl falscheste Lächeln meines Lebens und nippe abwesend an dem scharfen Getränk in meinem Glas, das mir augenblicklich ein warmes Gefühl in den Beinen bereitet.

Die Augenbrauen Toulouses ziehen sich merklich verstimmt zusammen, doch in dem Moment, da er etwas Gepfeffertes antworten möchte, kommt etwas vollkommen anderes aus seinem Mund herausgeplatzt:

»Louise! Louise, meine Liebe! Hierher!«

Meine Ohren klingeln, als würde ich neben einem pfeifenden Teekessel sitzen.

Augenblicklich springt Toulouse aus dem Sessel.

Und selbst wenn er den Namen nicht in solch ohrenbetäubender Lautstärke hinausgeschrien hätte, es wäre mir dennoch sofort klar gewesen, weswegen er so freudig erregt die Hände in die Luft reißt und eifrig winkt, um von Weitem besser gesehen werden zu können.

Aus dem undurchdringlichen Menschengewirr bahnt sich mit bedächtigen Schritten ein Paar seinen Weg zu unserer Loge. Mit einem feinen Lächeln auf den überaus angenehmen Zügen kommt die Dame näher und verwirrt mich zutiefst. Es scheint eine vollkommen andere Frau zu sein als die, die sich noch vor wenigen Minuten lasziv der feiernden, kreischenden Menge präsentiert hat. Leicht den Arm ihres Begleiters umgreifend, schlendert sie mit zaghaftem Hüftschwung in einem wallenden, schwarz-weiß gestreiften Chiffonkleid zu uns herüber.

Ihr Lächeln wird ein wenig wärmer, als sie Toulouse begrüßt.

»Hat dir die Darbietung gefallen?«, fragte sie unumwunden und knufft ihren Begleiter mit den finsteren Gesichtszügen und der markanten Nase scherzhaft in die Seite. »Valentin war der Ansicht, wir hätten mit einer Quadrille anfangen sollen, aber Zidler war da anderer Meinung. Er hat sich den ganzen Abend fürchterlich darüber geärgert, nicht wahr?«

Das feine Lächeln bekommt einen spöttischen Hauch, als sie kokettierend mit den Wimpern klimpernd zu ihrem Tanzpartner mit der stoischen Miene aufblickt. Dessen dunkle Augenbrauen ziehen sich skeptisch zusammen, kräuseln sich noch ein wenig mehr, als sein starrer Blick zu Toulouse hinübergleitet.

»Es hat ja auch so gut geklappt«, entgegnet er knapp und blickt nach einem kurzen Abschätzen stoisch über Toulouse hinweg, was dieser jedoch schon längst nicht mehr bemerkt.

»Wie hat dir das Plakat gefallen?«, stellt Toulouse auch sogleich die Frage, die ihm unter den Nägeln brennen muss wie siedendes Blei. Unruhig tippelt er von einem

Fuß auf den anderen und wieder zurück. Louises Gesicht wird augenblicklich von einem bezaubernden Lächeln erhellt.

»Es ist großartig! Einfach fantastisch! Oh, ich wusste, wenn wir jemanden für die Plakatwerbung engagieren, dann nur dich! Ich bin einfach wunderbar getroffen, findest du nicht auch, Valentin?«

Das warme Lachen seiner Begleiterin vermag den von Toulouse nicht absonderlich schmeichelhaft verewigten Valentin nicht anzustecken. Ein kurzes Nicken ist alles, was er sich abringen kann, ehe sein Blick wieder über Toulouse hinweggleitet und somit auf mir hängen bleibt.

Wie ein Geier.

Louise folgt dem eisigen Blick Valentins und schaut merklich interessiert zu mir herüber, ehe sie sich fragend an Toulouse wendet: »Und darf man erfahren, wer dieser junge Mann in deiner Begleitung ist, Toulouse?«

Toulouse scheint erneut um einige Zentimeter zu wachsen.

»Aber natürlich darfst du, Louise. Darf ich vorstellen, mein Freund Noël Poisonnier. Ein überaus begabter junger Maler«, gibt der Mentor Toulouse sofort freudig Auskunft über seinen dressierten Königspudel, ergreift meinen Arm und zerrt mich mit einer enormen Kraft aus dem Sessel, sodass ich nun halb über der unbequemen Lehne hänge und nur ein vages Lächeln in die Richtung der beiden Neuankömmlinge werfen kann. Louise scheint dies köstlich zu amüsieren.

»Ach du meine Güte, du nimmst das junge Gemüse also unter deine Fittiche?«

Ein einnehmendes Lachen erklingt und ich merke, wie es mir die Schamesröte ins Gesicht treibt.

»Muss auch sein, muss auch sein. Bei so einem guten Vorbild wie Toulouse müssen Sie einfach ein großer Maler werden, mein Lieber. Aber nehmen Sie sich bloß nicht seinen Lebenswandel zum Vorbild«, kichert sie vergnügt, während sie mir verschmitzt zuzwinkert. Valentin indes scheint dies gar nicht zu gefallen, mit einem Ruck an ihrem Arm versucht er, sie unsanft aus der Loge zu befördern. »Wir sollten nun auch so langsam –«

»Ach Papperlapapp, sei nicht immer so kurz ab, Valentin«, wiegelt sie ihn ab und macht sich kurzerhand von seinem Griff los. Mit der nun freien Hand auf ihren Begleiter deutend, wendet sie sich wieder Toulouse und mir zu. »Darf ich nun wiederum vorstellen? Mein überaus begabter, wenn auch nicht besonders geselliger Partner Valentin le Désossé.«

»Der Knochenlose«, nicke ich anerkennend, habe ich doch bereits einiges von ihm gehört und lüpfe unbeholfen meinen zu groß geratenen Zylinder.

Valentin ruckt das Kinn zu einem bestenfalls angedeuteten Nicken. Er hat eine mehr als nur kühle Art an sich, die es schwierig macht, ihn auf Anhieb zu mögen. Um nicht zu sagen, er ist mir von der ersten Sekunde an aus tiefster Seele unsympathisch. Ich kann Toulouses Abneigung diesem Mann gegenüber nach nur wenigen Sekunden mehr als nur nachvollziehen. Es ist schwer vorstellbar, dass er und Louise so gut miteinander auskommen, wie sie es offensichtlich tun.

Armer Toulouse.

»Wie ich sehe, haben Sie von mir gehört, Herr Künstler«, entgegnet der Knochenlose schließlich in einem leicht nasalen Tonfall. Etwas an der Art und Weise, wie er das

Wort *Künstler* betont, zieht etwas in mir zusammen. Aus seinem Mund klingt es wie eine Beleidigung.

Seinen Zylinder behält er auf dem Kopf.

Es krampft mir den Magen zusammen. Matt und mit einem Mal ungemein erschöpft, lasse ich mich zurück in die Polster sinken, während Toulouse das Gespräch erneut – und das sehr zum Missfallen Valentins – auf das überaus gelungene Plakat lenkt. In mir brodelt es.

Nein, es ist nicht nur der knochenlose Valentin.

Für das gesamte *Moulin Rouge*, für Zidler, Louise, den miesepetrigen Kartenverkäufer, für all sie bin ich nichts weiter als das Anhängsel an Toulouses Rockzipfel. Ein namenloser Schatten an der Seite des großen Künstlers, irgendwo in der Gosse von Montmartre aufgelesen, den man – wie Louise es so treffend ausdrückte – unter die Fittiche nehmen muss.

Diese Erkenntnis lässt mir die Galle hochkommen. Siedend heiß brennt sie in meinem trockenen Rachen und verätzt mir die Kehle, während ich meine Gesichtsmuskeln dazu zwinge, sich zu einem der Höflichkeit geschuldeten Lächeln zu verziehen. Es misslingt mir gründlich.

»Würden Sie mich bitte für einen Augenblick entschuldigen?«, formen meine Lippen wie von selbst diese Worte, während ich mich bereits aufrichte und hektisch nach einem Ausgang aus diesem chaotischen Sündenpfuhl suche.

Und natürlich entschuldigen sie mich. Louise lächelt mir noch ein letztes Mal verhalten zu, nickt sacht, während Valentin noch nicht einmal diese winzige Geste für angebracht hält. Lediglich Toulouse starrt mich aus weit aufgerissenen braunen Augen an, während sein Mund ein tonloses *Wohin zur Hölle willst du?* formt.

Ich beachte es nicht weiter. Mir schwirrt der Kopf. Der Tanzsaal ist wie ein aufgescheuchtes Bienennest. Überall laute Stimmen, Gekicher, Gekreische, Gegacker ... Es geht alles in einem monotonen Rauschen unter. Ich will hier nur noch raus, raus, *raus!* Und das so schnell wie möglich!

Eilig quetsche ich mich an Menschentrauben vorbei, achte nicht im Geringsten darauf, wessen Rocksaum ich so grade verdreckt habe, oder wessen Gehstock ich mitreiße.

Erleichtert platze ich hinaus auf den mittlerweile beinah menschenleeren Innenhof.

Gott sei Dank, endlich!

Die kalte Abendluft schlägt mir wie eine Wand entgegen, während ich, einem Ertrinkenden gleich, heftig nach Luft schnappe und versuche, so viel Sauerstoff auf einmal in mich aufzunehmen, wie eben möglich. Für einen kurzen Augenblick dreht sich alles, verschwimmen und verwackeln die hellen Lichter über dem Platz, surren umher wie kleine Glühwürmchen. Erst nach einigen weiteren tiefen Atemzügen wird die Welt um mich herum wieder ruhiger, das Wanken hört auf, die Leuchtkäfer verschwinden. Dumpf und schwer dröhnt die Musik aus den Tiefen des *Moulin Rouge* zu mir herüber, doch das gottverdammte Summen hat endlich aufgehört.

Wie zur Hölle hältst du das nur Nacht für Nacht in diesem Wahnsinn aus, Toulouse?, frage ich mich im Stillen und richte den verrutschten und viel zu tief über meinen Augen hängenden Zylinder. Keine Stunde in diesem Tollhaus und mir brummt bereits der Schädel.

Kopfschüttelnd richte ich halbherzig mein schief sitzendes Jackett, bereits im Begriff, den Ausgang anzusteuern, als mich doch noch etwas von diesem Vorhaben abhält.

Den Zylinder fest auf meinen Kopf drückend, lege ich

selbigen in den Nacken und folge der schier endlos hohen Wand aus dunklem Stein, die sich gegen den schwarzen Nachthimmel auftürmt wie die Trutzwand einer Burg. Das spitz zulaufende Dach und das beeindruckende Rosenfenster tun ihr Übriges, um dem Gebäude eine gewisse Würde zu verleihen.

Der gotische Turm.

Dort kannst du auch zu Abendessen, hallen Toulouses Worte in meinem Kopf nach. Essen wäre in meiner jetzigen Verfassung mit Sicherheit keine gute Idee, aber ... mit einem leichten Lächeln erkenne ich den ausladenden, großen Balkon, der zur Straße hin das kleine Kassenhäuschen von Jaques überragt. Die Aussicht muss traumhaft sein. Und die frische Luft erst.

Entschlossen klemme ich mir meinen Zylinder fest hinter die Ohren und steuere die mit zwei Fackeln auf jeder Seite schummrig beleuchtete Treppenflucht zum Eingang des gotischen Turms an, wo mich zwei gänzlich in Rot gekleidete Männer mit einer tiefen Verbeugung begrüßen und die doppelflügelige Tür aufreißen.

Warmes Licht, Kerzen und ein angenehmer Geruch nach Süßspeisen empfangen mich, als ich das Innere des Turmes betrete und von einer jungen Dame die Treppe hinauf in das Restaurant begleitet werde.

»Ich möchte eigentlich nichts essen«, flüstere ich verlegen, als wir den Speisesaal erreichen. Selbst der Gedanke, der mich mit dem Konsum einer Tasse Kaffee spielen ließ, verschwindet augenblicklich aus meinem Kopf, da ich die Preise ausgeschlagen sehe.

»Ich möchte eigentlich nur auf Ihren schönen Balkon. Ein bisschen die frische Luft genießen«, setze ich hastig nach, als mich die junge Frau erst verwirrt, dann herabschätzend mustert. Verlegen nesteln meine Finger wieder und wieder an meinem Jackett herum, um die nicht zu übersehenden Rostflecken zu verstecken.

»Ganz wie Sie wünschen, Monsieur«, gibt sie mit professioneller Freundlichkeit, die bereits so eingeübt ist, dass sie künstlich wirkt, von sich und geleitet mich weiter Richtung Balkon.

»All unsere Gäste erhalten ein kostenloses Begrüßungsgetränk. Sie können es ja auf das Geländer stellen, wenn Sie es nicht möchten«, setzt sie spitz nach und drückt mir im Gehen ein von einem Silbertablett gegriffenes Gläschen in die Hand, ehe sie mich auf den Balkon hinausscheucht, um sich postwendend wieder der zahlenden Kundschaft zuzuwenden.

Krampfhaft halte ich mich an meinem Kristallgläschen fest und betrete durch ein niedriges Portal den kolossalen Balkon. Eingerahmt von farbenprächtigen, hängenden Blumenkaskaden in mannshohen Steinschalen und flackernden Windlichtern, die den menschenleeren Balkon dennoch warm und einladend erscheinend lassen, bietet er einen atemberaubenden Blick auf das nächtliche Paris. Vorsichtig trete ich näher an die Balustrade heran, bis meine Finger den kalten, rissigen Sandstein unter ihren Kuppen spüren. Ein angenehm kühler Wind weht mir um die Nase.

Paris.

Ein Lichtermeer breitet sich zu meinen Füßen aus, grenzt bis an den Horizont und darüber hinaus.

Lichtermeer.

Bald wirst du das echte Meer wiedersehen. Sehr bald schon, schießen mir die dunklen Gedanken wie aus dem Nichts durch den Kopf.

Nein. Paris ist nicht schön.

»Was hat es mit dem langen Gesicht auf sich?«

Zu Tode erschrocken zucke ich zusammen und lasse um ein Haar mein Glas auf die Straße fallen. Perplex wirble ich herum und suche den Besitzer der fremden Stimme.

Ich finde ihn sofort.

Lässig an eine der großen steinernen Blumenschalen gelehnt, steht ein junger Mann, dessen kohlrabenschwarzes Haar im vollkommenen Kontrast zu seinem strahlend weißen Anzug steht. Er hält die Arme vor der Brust verschränkt und blickt mit einem spöttischen Grinsen auf den scharfgeschnittenen Lippen zu mir herüber.

Nur mit Mühe kann ich meine Stimme davon abhalten zu zittern. Mein Herz schlägt mir so wild und heftig gegen die Rippen, dass es wehtut.

»Entschuldigen Sie, Monsieur ... Ich habe ... habe Sie nicht bemerkt«, entgegne ich knapp und wende mich so schnell wie möglich wieder der nächtlichen Stadt zu. Das noch immer anhaltende, eingehende Mustern des Fremden ist mir unbehaglich.

Ein helles Lachen erklingt hinter meinem Rücken und auch wenn ich es nicht sehe, so höre ich doch, wie er die Arme entfaltet und mit langsamen Schritten den Raum zwischen uns durchmisst, bis er nur wenige Schritte von mir entfernt stehen bleibt.

»Das ist mir durchaus aufgefallen«, fährt er lakonisch fort und lehnt sich entspannt mit dem Rücken gegen die Brüstung. »Aber das beantwortet meine Frage nicht.«

Über die in sündhaft teuren Stoff gekleidete Schulter verstohlen zu mir herüberschauend, versucht er, einen Blick in mein Gesicht zu erhaschen.

»Welche Frage?«, spreche ich desinteressiert in die Nacht hinaus.

Sich in einer fließenden Bewegung herumdrehend, sodass er nun ebenfalls die Straße und die Stadt im Blick hat, fährt er in einem Tonfall fort, der mir absolut nicht zu gefallen vermag: »Warum Sie so deprimiert dreinschauen. Die Nacht ist lau, die Gesellschaft überaus anregend und die Kulisse durchaus beeindruckend. Dennoch scheinen Sie alles andere als erfreut darüber zu sein.«

Aus dem Augenwinkel registriere ich, wie sich zwei dünne Brauen fragend in die Höhe ziehen.

»Ich glaube nicht, dass ich der Gesellschaft heute Abend noch viel abgewinnen kann. Ich hatte sowieso vor, gleich zu gehen«, formuliere ich meine Worte mit Bedacht. Eilig leere ich den Inhalt meines Glases, um einen Grund zum Gehen zu haben. Die Wärme des Getränkes schießt mir augenblicklich in den Kopf und lässt mich leicht schwindeln.

Zitternde Hände stellen das Glas auf der Brüstung ab.

»Aber Sie sind doch gerade erst gekommen. Schade. Wirklich sehr schade«, seufzt der fremde Mann und klingt aufrichtig enttäuscht.

»Sie machen sich wohl nichts aus dem Trubel und der Heiterkeit. Wie Sie hier trübsinnig und verlassen am einsamsten Ort des gesamten Varietés stehen.«

Bei diesen so sanft gesprochenen Worten stellen sich mir die Nackenhaare auf.

Ach, so soll das also laufen, ja? Das Spiel können auch zwei spielen.

»Und warum bitte sind *Sie* dann hier draußen, wenn es Ihnen drinnen im Trubel doch so viel besser gefällt?«, entgegne ich spitz und reiße mich wütend von der Aussicht los, ehe ich fortfahre: »Das erscheint mir ein wenig heuchlerisch, finden Sie nicht auch, Monsieur?«

Zu meinem Leidwesen scheint mein Gefühlsausbruch mein Gegenüber lediglich zu erheitern. Mit einem feinen Lächeln um die Lippen betrachtet er mich einen kurzen Augenblick lang aus seltsam scharfen Augen, ehe er sich erneut entspannt gegen die Balustrade lehnt und fortfährt, in die Nacht hinauszublicken, als habe er von einer Sekunde auf die andere das Interesse an einer Unterhaltung verloren.

Erst als ich im Begriff bin, den Ausgang anzusteuern, lässt ein leises, amüsiertes Kichern erahnen, dass er mit der Unterhaltung doch noch nicht abgeschlossen hat.

»Vielleicht kann ich mit all dem Trubel dort drinnen genauso wenig anfangen wie Sie, kann dies jedoch einfach besser verstecken?«

»Vielleicht können Sie das. Mir ist diese Gabe leider nicht gegeben«, fauche ich wütend und mache auf dem Absatz kehrt, um zurück in den Turm zu gehen.

»Nun gehen Sie doch nicht, nur weil ich Sie ein wenig aufgezogen habe!«, ruft er hinter mir her und etwas in seiner Stimme veranlasst mich dazu, doch noch einmal innezuhalten und mich umzudrehen. Er steht noch immer lässig an die Balustrade gelehnt da. Der leichte Wind zerzaust sein Haar, das sanft sein feingeschnittenes Gesicht umrahmt.

»Sie sind doch hergekommen, um die Aussicht zu genießen. Dann bitte, tun Sie das doch auch.«

Mit einem aufmunternden Kopfrucken deutet er auf den zuvor von mir verlassenen Platz an seiner Seite und widerwillig komme ich seiner stummen Aufforderung nach.

»So berauschend ist die Aussicht auch wieder nicht«, murmle ich verhalten und postiere mich mit steifen Bewegungen neben dem Fremden, der geistesabwesend in weite Fernen blickt, die wohl nur er sehen kann.

»Wieso sind Sie dann hier? Wenn Sie doch gar nicht hier sein wollen? Ist das nicht ein wenig absurd?«

Warum bist du noch hier, wenn du eigentlich gar nicht mehr hier sein willst?

Augenblicklich schwappt die Erinnerung an ein besorgt dreinschauendes Paar brauner Augen in meinen Geist.

Diese Frage.

Diese eine schreckliche Frage, auf die ich keine Antwort weiß. Und ich höre sie heute schon zum zweiten Mal.

Ich schlucke schwer. Abwehrend mit den Schultern zuckend, beiße ich mir auf die Unterlippe, bis der metallische Geschmack von Blut meinen Mund ausfüllt. Wortlos verschränke ich die Arme vor der Brust und blicke hinab in die von Lichtpunkten durchbrochenen dunklen Fluten. Schweigen.

Nur entfernt dringen gedämpfte Stimmen und die Geräusche des beinah gänzlich zum Erliegen gekommenen Verkehrs des *Place Blanche* zu uns herauf. Dumpfe Laute werden zu uns heraufgeweht, wie weit entfernte Schatten. Blasse Erinnerungen an das Leben in diesem Ozean zu unseren Füßen.

»Es sieht aus wie das Meer.«

Ich weiß nicht, warum ich diese Worte ausspreche. Ich weiß nicht, wieso ich nicht einfach gehe, diesen Ort verlasse und nie wieder zurückkomme. Und ich weiß nicht, wieso ich einfach nicht aufhören kann, dieses schrecklich schöne Meer aus kleinen Lichtpunkten zu betrachten, obwohl es sich mir bis ins Mark meiner Knochen einzuätzen scheint.

Erst das leise Rascheln von Stoff reißt mich aus meinen Gedanken und erschrocken registriere ich, wie der Fremde auch noch den letzten Abstand mit Leichtigkeit vernichtet.

»In der Tat. Das tut es«, pflichtet er mir bei. »Wie der weite Ozean bei Nacht.«

Seine Worte sind nicht viel mehr als ein Hauch. Würde er nicht so nah bei mir stehen, hätte ich sie für das Säuseln des Windes gehalten.

»Komisch, dass Sie das sagen«, fährt er fort, erneut einen Punkt in der Ferne fixierend. »Ich muss auch jedes Mal, wenn ich hier oben bin, an das wunderschöne Meer denken. Seltsam, nicht?«

»Das Meer ist nicht wunderschön«, entgegne ich bitter und beginne abwesend in den Taschen meines schlecht sitzenden Jacketts nach dem Päckchen Zigaretten zu suchen, das sein Eigentümer wohl in ihm vergessen haben muss.

Als meine Finger die kleine Pappschachtel ertasten, fällt mir jedoch auf, dass ich gar keine Streichhölzer habe.

»Sie erlauben?«, lächelt der Fremde, als habe er in diesem Augenblick meine Gedanken gelesen. Das Zischen eines angerissenen Streichholzes erklingt. Die Flamme flackert hektisch vor meinen Augen. »Danke«, nuschle ich leise und klemme mir die Zigarette zwischen meine trockenen Lippen. Knisternd steckt die kleine Flamme das dünne Papier in Brand, ehe sie wieder verlischt.

Versonnen atme ich bläuliche Rauchschwaden aus und sehe ihnen nach, wie sie über unseren Köpfen verblassen.

»Wieso sagen Sie, das Meer sei nicht schön?«

Er spricht zu den Rauschwaden, nicht mit mir.

Silbergraue Schleier ziehen über unseren Köpfen ihre Kreise.

Ich überlege kurz, lege mir die Worte in meinem Kopf zurecht, doch sie scheinen mir allesamt zu entgleiten.

»Es ist grausam«, antworte ich schließlich und ziehe ein weiteres Mal tief an der Zigarette, obwohl es die Kopfschmerzen zurückbringt.

»Fürchterlich grausam. Was es einmal in seinen Tiefen verschlungen hat, gibt es nie wieder her. Nachts ist es unfassbar laut, wenn die Wellen gegen den Steilhang schlagen, bei Tag stinkt es bestialisch nach Tang und Fisch und es ist so eine endlose ...«, ich stocke kurz, um nach den richtigen Worten zu suchen. »So eine endlose *tote Masse,* die nur den Anschein erweckt, als würde sie leben.«

Die nur halb gerauchte Zigarette befördere ich mit einem Fingerschnippen über die Balustrade, atme den letzten Rest Silber aus und blicke meinem Gegenüber direkt in die Augen.

Grün.

Sie sind unfassbar grün.

»Es ist genau wie diese Stadt. Laut, grausam und so unendlich tot.«

»Sie scheinen das Meer gut zu kennen«, stellt der Fremde mit ruhiger Stimme fest und seine Finger beginnen in den Taschen seines Anzugs zu kramen, fördern schließlich ebenfalls ein Päckchen Zigaretten hervor.

»Genau wie diese Stadt. Doch scheint Ihnen leider der Blick für ihrer beider Schönheit abhandengekommen zu sein.«

Wieder das Zischen eines Streichholzes. Er bläst den Rauch der frisch angesteckten Zigarette in einer feinen

Wolke in den dunklen Himmel. Stumm blicke ich den Rauschwaden hinterher.

»Und ich kann meine Frage nur erneut stellen. Warum sind Sie hier, wenn Sie gar nicht hier sein wollen? Weil es woanders noch schlimmer ist? Das ist keine besonders gute Antwort, mein Bester.«

Mit einem Lächeln, das das erste Mal jeglichen Spott vermissen lässt, legt er eine Hand an meine Wange und wendet mein Gesicht sanft, aber bestimmt wieder der Aussicht zu. Warme Finger zwingen mich, hinab auf die langsam einschlafende Stadt zu blicken.

»Bei all der künstlichen, penetranten Schönheit, die sich einem hier regelrecht aufdrängt, verliert man schnell den Blick für die wahre Schönheit.«

Er unterbricht sich kurz, indem er wieder in dieses leichte Lachen verfällt, das so seltsam hell klingt, dass es nicht recht zu seiner restlichen Erscheinung passen mag.

Wie das Lachen eines Kindes.

»Das Meer ist nicht tot.«

Sein Atem kitzelt meine Schläfen.

»Es lebt. Es pulsiert. Wie diese Stadt. Paris ist ein unendlich weiter Ozean und nachts sind die Sterne vom Himmel gefallen, um das Dunkel zu erhellen. Wenn das keine wahre Schönheit ist, dann weiß ich auch nicht weiter.«

Ich registriere kaum, wie die angenehme Wärme meine Wange verlässt.

Ich kneife die Augen zu Schlitzen zusammen und plötzlich sehe ich es.

Sterne.

Ganze Landschaften tun sich vor meinen Augen auf und ja ... Paris sieht wirklich aus wie das Meer bei Nacht, erhellt von den Reflexionen abertausender Sterne.

Nein, keine Reflexionen. *Sterne,* wirkliche Sterne, die in das Wasser gefallen sind und dennoch unbeirrt weiterstrahlen. Vollkommen unbeeindruckt.

Wunderschön.

»Sie haben recht!«

Begeistert drehe ich mich zu meinem Begleiter um, möchte ihm danken, möchte ihm sagen, wie sehr mir seine Worte geholfen haben, doch stelle ich mit Erschrecken fest, dass sich dieser gar nicht mehr an meiner Seite befindet. Hektisch drehe ich mich um, sehe nur den Schatten eines schneeweißen Anzugs hinter der Eingangstür verschwinden.

»Warten Sie! So warten Sie doch!«

Beinah über meine eigenen Füße stolpernd, stürze ich zur Tür und platze in den Innenraum des Restaurants, in dem mich zwei Dutzend irritierter Augenpaare anstarren.

»Ich würde mich gerne wieder mit Ihnen unterhalten!«, rufe ich in den Raum hinein, doch mein Wunsch verhallt ungehört. Der fremde Mann ist bereits in den Tiefen des gotischen Turms verschwunden.

Kapitel 4

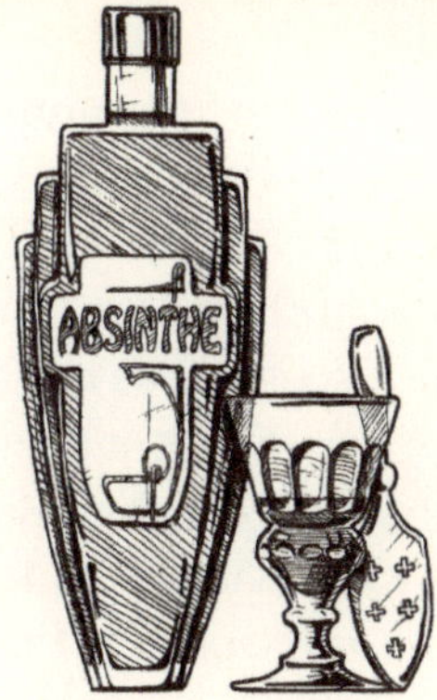

»Du bist ein Genie! Du bist ein gottverdammtes, pinselschwingendes Genie!«

Mehr denn je erinnert mich Toulouse in diesem Augenblick an einen überschwänglichen Schuljungen. Die tief in ihren violett umrandeten Höhlen liegenden Augen sind so weit aufgerissen, dass es ihm bereits wehtun muss, während er das Bild in seinen Händen mit stetig wachsender Begeisterung betrachtet. Sein Blick huscht unruhig auf der Leinwand umher, als habe er Angst, er könne ein wichtiges Detail verpassen, sollte er es auch nur wagen zu blinzeln.

»Fantastisch, mein Bester. Einfach fantastisch!«, beschließt er seine Studie mit einem zufriedenen Seufzen und stellt das Bild vorsichtig zurück auf die Staffelei. Auch ich kann mir ein Grinsen nicht mehr verkneifen. Breit lächelnd rühre ich die Farbe für den letzten Pinselstrich an – meine Signatur. Zum ersten Mal seit Monaten riecht es in meinem Atelier nach dem beißenden Gestank frischer Ölfarbe. Stechend und penetrant. Der berauschende Duft eines neuen Kunstwerkes. Ein erregendes, scharfes Kratzen in der Kehle und angenehmes Brennen in den Augen. Ich trete einen Schritt zurück, betrachte mein Werk ein letztes Mal aus der Ferne. Und Gnade mir Gott, ich finde einfach nichts zu verbessern!

Sterne.

Ein Sternenmeer.

»Paris bei Nacht«, reißt mich Toulouses erheiterte Stimme aus meinen Gedanken und der vergeblichen Suche nach einem Grund, vor dem Setzen der Signatur doch noch etwas an dem Bild auszubessern.

»Es ist so simpel. So simpel und erschreckend einfach, dass es schon wieder genial ist, mein Freund.«

»Vielen Dank, dass du es als *erschreckend* ansiehst, wenn mir auch mal wieder eine Eingebung kommt, Toulouse«, entgegne ich mit schlecht gespielter Beleidigung in der Stimme und fahre fort, die schwarze Farbe von den restlichen Pigmentklümpchen zu befreien.

Ruckartig dreht er sich zu mir um und schaut mich skeptisch von unten herauf an, die Stirn in tiefe Falten gelegt, als wäre ihm just in diesem Moment etwas überaus Unerfreuliches eingefallen.

»Es ist nicht die Idee an sich, die erschreckend ist. Es ist viel mehr die Zeit, die du benötigt hast, um auf diesen Einfall zu kommen. Da lebst du nun schon bald zwei Jahre in dieser Stadt und –«

»Ein Jahr und neun Monate, um genau zu sein«, verbessere ich ihn leise grinsend und rühre weiter die Farbe um.

»Zwei *gottverdammte,* lange Jahre und dann kommt dir erst *jetzt* diese geniale Eingebung?«

Ungläubig schüttelt Toulouse den Kopf, während er mit einem gewissen Maß an Verärgerung die dicklichen Hände in die Hüften stemmt und mich anfunkelt, als hätte ich ihn damit persönlich beleidigt. Ich zucke als Antwort lediglich mit den Schultern.

»Glaube mir, wenn es mir vorher in irgendeiner Art und Weise möglich gewesen wäre, dieses Bild zu malen, ich hätte es bereits vor zwei Jahren gemalt.«

Mit einer letzten abschließenden Bewegung des Pinsels wende ich mich dem Bild zu. Mit einem seltsam flauen Gefühl in der Magengegend.

»Ich kann dir ganz genau sagen, wieso es zwei Jahre gedauert hat, dieses Bild zu malen. Das kommt davon, wenn man immer nur im stillen Kämmerlein vor sich hin modert. Eine Nacht im *Moulin Rouge* und voilà«, Toulouses Arme vollführen eine so ausladende Geste, dass ich Angst um meine Malutensilien auf dem Tisch bekomme. »Hat der werte Herr Künstler endlich einmal wieder ein Rendezvous mit seiner Muse gehabt. Na, wer sagt's denn!«

Bei dem Wort *Muse* zieht sich etwas in mir krampfhaft zusammen.

»Schon gut, Toulouse, schon gut«, versuche ich den seit nun einer halben Stunde nicht enden wollenden Begeisterungsausbruch meines Freundes zumindest ein wenig zu dämpfen, und greife hastig nach dem Glas Malwasser auf dem Tisch. »Du hast ja recht, du hattest mit allem, was du gesagt hast, recht«, bekräftige ich ihn und reinige mit schnellen Bewegungen den Pinsel.

»Natürlich hatte ich recht«, nickt er selbstzufrieden und lässt sich anschließend mit einem lautstarken Seufzen in die durchgesessenen Weiten meiner Couch fallen. Er sieht müde aus. Ungefähr so müde, wie ich mich fühle. Ein seltsames, beinah befremdliches Gefühl, diese Art von Müdigkeit. Sie macht meinen Kopf leicht und leer, nicht dröhnend und schwer, als bestünde er aus nichts als Blei, wie all die anderen schlaflosen Nächte zuvor. Das Gefühl, endlich wieder etwas zu erschaffen, lässt meinen Körper weiterarbeiten, selbst wenn der Geist kaum mehr wach ist und nur noch die Eingebung, die Inspiration die

Finger über die Leinwand gleiten lässt. Alles war so wie damals, als ich mit der Malerei anfing. Als stünde keinerlei Druck, kein Zwang dahinter. Als würden meine Finger ein Eigenleben führen, verlangten sie immer begieriger nach Pinsel und Farbe, wirbelten wie die Derwische über das weiße Stück Stoff, bis beim ersten Sonnenstrahl des neuen Tages ein perfektes Abbild des nächtlichen Paris auf ihm erwachsen war.

Aus dem Nichts.

Und um ehrlich zu sein ... ich kann mir noch immer nicht recht erklären, wie ich das geschafft habe. Und dieses dumpfe Gefühl in der Magengrube, dass etwas ganz und gar nicht stimmen will, mag einfach nicht verschwinden.

»Nun hör mir mal gut zu, mein Freund«, durchbricht Toulouses Stimme die eingetretene Stille und unweigerlich frage ich mich, für wie lange ich schweigend auf meine Finger gestarrt habe. Er kramt in den Untiefen seines perfekt sitzenden Jacketts und fördert schließlich ein kleines rotes Kärtchen zutage, das er mir auffordernd entgegenhält.

»Wieder Freikarten für das *Moulin Rouge?*«, witzle ich mit schlecht gespielter Freude. Doch Toulouse schüttelt nur den bärtigen Kopf, ehe er mir das Kärtchen, auf dem in geschwungenen Lettern der Schriftzug *Salon des Indépendants* zu lesen ist, in die Hand drückt. Es fühlt sich an, als würden meine Knie jeden Augenblick unter dem Gewicht meines Körpers nachgeben. Das kann doch nicht wahr sein!

»Toulouse, das ist ... was, ich –«

»Ein guter Freund von mir richtet in Kürze eine Ausstellung über moderne Kunst im *Salon des Indépendants* aus. Ich habe bereits die ganze Zeit an dich gedacht und nun, da dich die Muse endlich wieder in ihren weichen Schwingen wiegt, wäre das doch genau die passende Gelegenheit, dies gebührend zu feiern, findest du nicht?«

Nur beiläufig bekomme ich aus dem Augenwinkel heraus mit, wie er selbstzufrieden die kurzen Arme vor der Brust verschränkt und mit einer kindlichen Freude dabei zusieht, wie ich einem Hypnotisieren gleich das Kärtchen anstarre, als bestünde es aus purem Gold.

»Eine Gage gibt es leider nicht«, fährt er entschuldigend mit den Schultern zuckend fort, »jedoch werden sich eine ganze Menge reicher Kunstbegeisterter aus ganz Paris die Klinke in die Hand geben, um die Werke der aufstrebenden Bohème zu bewundern.«

Ein einnehmendes, wissendes Grinsen strahlt mir entgegen, als ich es endlich schaffe, mich von den geschwungenen Buchstaben loszureißen.

»Glaub mir, am Ende des Tages wirst du in Geld schwimmen. Es gibt da nur eine kleine –«

»Toulouse, das ist *großartig*!«

Meine Stimme schnappt vor Begeisterung über und mit einem Mal ist alles vergessen. Die zu zahlende Miete, das verdammte weiße Quadrat Nichts, meine einsamen Eltern, die Tage ohne etwas zu essen. *Alles*! Alles scheint mit einem Mal endlich wieder einen Sinn zu ergeben. Mit einem lauten Schrei falle ich Toulouse um den Hals, zerre den kleinen Mann dabei halb von seinen Füßen in die Höhe und inhaliere einmal unfreiwillig tief den Duft nach Ölfarbe, Tabak und Anis.

»Oy, oy, nicht so wild mein Bester, nicht so wild!«, ertönt es laut quiekend neben meinem Ohr in einem

Anflug blanker Panik und ich drücke meinen Freund noch ein wenig fester an mich, während ich uns im Kreis herumwirble.

»Ich fasse es nicht … ich fasse es einfach nicht! Ich im *Salon des Indépendants*! *Ich*!«, schreie ich es in die Welt hinaus, bis meine Kehle kratzig wird und meine Wangenmuskeln vor Anstrengung schmerzen. Ich stelle Toulouse zurück auf seine kurzen Beinchen und richte ihm entschuldigend den halb von seinem linken Ohr gerutschten Brillenbügel.

»Ich fasse es einfach nicht. Eine Kunstausstellung! Eine richtige Ausstellung und mein Bild wird dabei sein … Unfassbar.«

Mit diesen Worten lasse ich mich hinterrücks auf die Couch fallen, sehe fasziniert den Staubkaskaden zu, wie sie aufgewirbelt in die Luft steigen, und spüre mit wohliger Zufriedenheit, wie sich die Sprungfedern in meinen Rücken und meine Oberschenkel bohren. Der Schmerz intensiviert sich kurzzeitig, als sich Toulouse ebenfalls auf das lautstark ächzende Möbel niederlässt und mich von der Seite her skeptisch mustert.

»Ich habe dich selten so euphorisch gesehen.«

»Ich habe mich auch selten so verdammt gut gefühlt«, entgegne ich atemlos, lasse den mittlerweile etwas schwummerig gewordenen Kopf nach hinten auf die Lehne fallen und schließe für einen kurzen Moment die Augen. Ich kann das laute Pochen hinter meinen Schläfen spüren, mein Herz gegen meine Rippen hämmern hören und es beruhigt mich ungemein. Bis die Stimme meines Gastes erneut die eingetretene Stille durchschneidet: »Meinst du, du kannst noch drei solcher Bilder malen?«

Seine Stimme klingt besorgt und mit einem Mal scheint

alle Fröhlichkeit, die mich bis dato noch so rauschhaft durchströmte, aus meinem Körper zu weichen. Widerwillig öffne ich die Augen und richte mich auf.

»Wieso fragst du?«, hake ich angespannt nach und verdammt, tun diese gottverdammten Sprungfedern weh.

Toulouse scheint sich sichtlich unwohl zu fühlen, unruhig beginnt er auf der Sitzfläche hin und her zu rutschen.

»Weil du mich hättest aussprechen lassen müssen, bevor du in einen solchen Freudentaumel ausbrichst. Uns fehlen noch insgesamt vier Bilder für die Ausstellung. Beziehungsweise habe ich darum gekämpft, dass diese Plätze bis zum letzten freigehalten werden, um dir eine realistische Chance zu geben, dich an der Ausstellung zu beteiligen. Ich habe François versprochen, dass du, solltest du mit von der Partie sein, die fehlenden Bilder liefern wirst. Das ist die Bedingung. Ansonsten werden die Plätze anderweitig vergeben.«

Es ist wie ein Schlag in die Magenkuhle. Ein tiefer und harter Fausthieb. Einer von der Sorte, der dich zusammensacken und wimmernd und keuchend am Boden kauern lässt, während die Welt langsam um dich herum zerfällt. Mein noch gänzlich durch Adrenalin und Endorphin vernebeltes Hirn braucht einige Sekunden, um die Situation zu erfassen, doch ein Gedankengang hat bereits Form angenommen und dreht sich wieder und wieder schmerzhaft in meinem Kopf umher. Wie eine Rasierklinge durchschneidet er alles bis ins Mark: Toulouse hat darum *gebettelt,* mich an dieser Ausstellung teilnehmen zu lassen.

»Meinst du, du kriegst das hin?«, fragt er erneut, nicht ohne ein gewisses Maß an unverhohlener Vorsicht, und ich kann die Skepsis in seiner Stimme hören, die wie ein Damoklesschwert über meinem Kopf schwebt.

»Ich weiß es nicht«, gebe ich schließlich matt die ehrliche Antwort und starre wortlos hinüber zu dem Lichtermeer aus Farbe auf der gottverdammten Leinwand.

»Ich bin mir einfach nicht sicher, ob mir so etwas wie dieses Bild jemals wieder gelingen wird«, gestehe ich das eigentlich Unaussprechliche und fühle, wie sich mein Magen weiter verkrampft. Und endlich kann ich dieses eigentümliche Gefühl benennen. Es ist die schiere, blanke Angst zu versagen, die mir mein Innerstes zusammenzieht.

»Ganz ehrlich, Toulouse, ich weiß es nicht. Zumal ich dir noch nicht einmal mit Gewissheit sagen kann, wie es mir überhaupt jemals gelingen konnte.«

Ein stummes Nicken.

Tonlos schält er sich aus den Tiefen der Couch.

»Überleg es dir«, raunt er im Vorbeigehen und nimmt seinen Mantel von der Stuhllehne. »Das ist eine Gelegenheit, die kein zweites Mal kommt. Aber so leid es mir tut, es sind Bedingungen daran geknüpft, auf die ich keinerlei Einfluss habe. Denk noch einmal darüber nach. Ich bin der festen Überzeugung, dass es dir gelingen wird. Aber wenn du das anders siehst, wird dich kein Mensch der Welt vom Gegenteil überzeugen können.«

Er wirft noch einen letzten Blick auf das fertige Bild, ehe er sich aufmacht, mein Atelier zu verlassen.

»Die Ausstellung ist in etwas mehr als einem Monat. Ich werde François morgen Bescheid geben, ob du mitmachen wirst oder nicht.«

Das elendige Quietschen der vorletzten Stufe begleitet Toulouses Abgang und mit einem dumpfen Schlag fällt die windschiefe Tür ins Schloss.

Ich muss meinen Körper dazu zwingen, aufzustehen

und die Bewegungen auszuführen, die ich will. Es ist so gänzlich anders als heute Nacht, da mein Körper leicht war wie eine Feder und einfach funktioniert hat, gänzlich ohne mein Zutun. Mit steifen Gliedern nähere ich mich der Leinwand und nehme den Pinsel in die Hand, verrühre mit ihm ein letztes Mal die bereits wieder klumpig gewordene schwarze Farbe und füge dem Bild das letzte fehlende Detail hinzu. In einem einzigen schnellen Zug schreibe ich meinen Namen in die untere rechte Ecke.

Es ist vollbracht und mit einem Mal fühlt sich der Pinsel in meiner Hand so ungemein schwer an, stinkt die Ölfarbe wie verwesender, traniger Fisch am Strand und das schäbige kleine Atelier nimmt die Form einer Gefängniszelle an. Ich muss raus hier … egal wohin, nur noch *raus*.

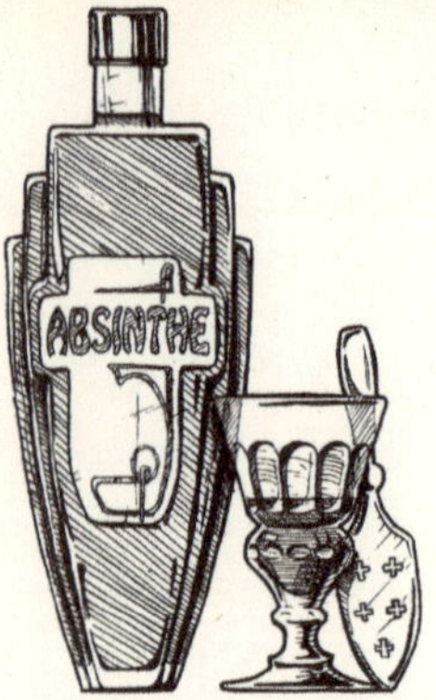

Kapitel 5

Ein kühler Wind streift durch die mit unzähligen kleinen Lämpchen beleuchteten Straßen und Gässchen des Künstlerviertels, lässt die schwebenden Lichtpunkte, winzigen Glühwürmen gleich, auf und nieder wippen. Beinah so, als würden sie tanzen. Einige Damen neben mir ziehen affektiert frierend ihre Schultertücher enger, in stiller Aufforderung an ihre männlichen Begleiter, ihnen ihre Mäntel anzubieten. Doch selbst wenn ich gewollt hätte, so hätte ich keiner der Damen meinen Mantel schützend über die schmalen Schultern legen können, habe ich ihn doch in der Hektik meiner übereilten Flucht in meinem Atelier zurückgelassen. Fröstelnd schlinge ich die Arme enger um meinen Oberkörper, spüre das dünne Leinen unter meinen Fingern und die verhärteten Stellen, an denen es durch Rostwasser beschmutzt wurde. Auch wenn ich friere, so stört mich der Wind nicht. Zumindest kann ich mir einreden, dass er es ist, der mir die Tränen in die Augen treibt. Über meinem Kopf flackert die durch geborstenes Glas gefährdete Gasflamme einer Straßenlaterne bedrohlich auf und verlischt wenige Augenblicke später völlig. Unschlüssig bleibe ich stehen und blicke die gewundene Straße hinab. So überstürzt, wie ich mein Atelier verlassen habe, so unentschlossen wandele ich nun durch die Straßen Montmartres. Raus wollte ich. Nur noch fort.

Nun bin ich es und weiß nicht mehr wohin. Überall schallt mir lautes Lachen und Trubel, die aufdringliche Freude und Leichtigkeit des Lebens entgegen. Mir wird beinah schlecht. Schleppenden Schrittes gehe ich weiter, versuche mich treiben zu lassen, wohl wissend, dass ich das nicht kann.

Vor einem kleinen Café bemerke ich einen alten Mann, der Bart schlohweiß und der abgetragene Filzhut auf seinem Kopf speckig und verschlissen. Er spielt Akkordeon. Mit einem seligen Lächeln auf dem zerfurchten Gesicht sieht er milde dabei zu, wie ein junges Pärchen glücklich umschlungen zu seinen Weisen auf dem Gehweg tanzt, die ganze Welt um sich herum vergessend, als gäbe es in diesem Augenblick nur sie beide. Wie sehr wünschte ich, ich könnte das auch. Diese viel zu bunte, viel zu aufdringliche Welt um mich herum einfach ausblenden und für einige wenige, kostbare Atemzüge vollends vergessen. Doch so viel Ruhe ist offensichtlich nur Verliebten gegönnt.

Mit einem lauten Krachen und Poltern und begleitet von gotteslästerlichen Flüchen, taumelt mir urplötzlich eine mehr als nur angeheiterte Dame in einem halb geöffneten, roten Samtkleid vor die Füße. Offensichtlich wurde sie aus einem der Cafés unsanft auf die Straße befördert. Mit wässrigen, blutunterlaufenen Augen blickt sie irritiert zu mir hoch, als ich ihr auffordernd die Hand entgegenhalte.

»Ist alles in Ordnung, Madame?«, höre ich meine Stimme besorgt fragen. Sie fängt augenblicklich an zu kichern. Ihr zerzaustes Hütchen rutscht dabei beinah von den filzigen, aschblonden Haaren.

»Sicher ist alles in Ordnung, mein Hübscher.«

Die Worte perlen schwerfällig über ihre Lippen, eiskalte Finger in zerrissenen Spitzenhandschuhen greifen nach meiner ausgestreckten Hand und mit steifen Gliedern rappelt sie sich auf; mir ist dabei, als wolle sie mir den Arm auskugeln. Sich wieder in der Aufrechten befindend, lässt sie meine Hand noch immer nicht los. Sie steht leicht wankend vor mir und beäugt mich kritisch, ehe sich ihr schmaler Mund zu einem schiefen Lächeln verzieht und eine Reihe brauner Zähne entblößt.

»Wie wär's mit uns beiden heut Nacht, Schätzchen?«

Mit einer Kraft, die ich von jemandem in ihrem Zustand niemals erwartet hätte, zieht sie mich näher zu sich, ihr schwerer, süßlicher Atem stößt mir penetrant ins Gesicht. Tabak und Gin. Viel zu viel Gin.

»Nur fünfzig Centime«, lächelt sie weiter ihr abstoßendes Lächeln und angewidert reiße ich meine Hand aus ihrer Umklammerung.

»Nein, vielen Dank, Madame. Ich bedaure«, nuschle ich hektisch, bahne mir unbeholfen einen Weg an ihr vorbei und reiße sie indes beinah wieder von den Beinen.

Eine derbe Schimpftirade folgt mir auf dem Fuße und aus dem Augenwinkel heraus kann ich sehen, dass sie sich anschickt, mir wutentbrannt zu folgen. Eilig wende ich mich dem Café mit dem Akkordeonspieler zu. Mit einem leichten Nicken deutet er auf die Tür des Cafés. Das verliebte Pärchen tanzt noch immer. Leise surren die bunten elektrischen Lämpchen über unseren Köpfen und beleuchten den in verschlungenen Lettern geschriebenen Schriftzug des Cafés neben dem gemalten Bild einer wohl genährten, finster dreinschauenden schwarzen Katze.

Le Chat Noir.

Leise seufzend füge ich mich in mein Schicksal – die aufgebrachte Furie lauert noch immer auf der anderen Straßenseite – und dränge mich an noch weiteren tanzenden Paaren in den wohlig warmen Innenraum des Cafés.

Es ist erstaunlich ruhig im Innern, verglichen mit dem omnipräsenten hektischen Trubel der Nacht, den die verwitterte Tür draußen hält.

Ich kenne das *Chat Noir.* Zumindest aus Erzählungen. Einer der Orte, an den es die Bohème und Schöngeister aller Art verschlägt, wenn sie sich ein wenig biederer geben wollen als während eines ausschweifenden Tanzballes im *Moulin Rouge.* Poeten und Schreiberlinge, abgebrannte Musiker und allerhand fahrendes Volk trugen hier während des Tages ihre Werke vor. Irgendjemand würde ihnen schon zuhören. Nächtens verwandelte sich das Café jedoch, genau wie jeder andere Fleck des Montmartres, in ein Tollhaus. Ein Blick auf die Uhr verrät mir auch sogleich den Grund für die angenehme Ruhe im Innern. Wenn auch gut besucht, so sitzen die meisten Gäste doch gänzlich in ihre Unterhaltungen vertieft an ihren kleinen Tischchen und nippen an ihren Getränken, in stiller Erwartung des Abendprogrammes, das laut Anschlag über der Theke jedoch erst in gut einer Stunde seinen turbulenten Lauf nehmen soll. Als Pausenclown sitzt ein junger Bursche auf der schummrig beleuchteten Bühne und rezitiert etwas, das ich nach längerem Hinhören als eine obskure Mischung aus Wilde, Poe und Eigenkreation identifiziere. Sein Publikum scheint sich noch weniger Mühe zu geben, seinen abstrusen Ausschweifungen zu folgen, als ich. Nicht ein einziger Gast blickt zu dem Jungen hoch. Er tut mir leid.

Mit einem kurzen Wink an den fragend dreinschauenden Wirt bestelle ich ein Getränk und lasse mich müde auf einem durchgesessenen Diwan nieder. So weit von der Bühne und dem philosophierenden Jungen entfernt wie nur möglich. Versonnen stiere ich in die kleine Kerzenflamme auf dem Tisch.

Wie soll ich das nur schaffen? *Wie*?

Das Hochgefühl, das mir beinah die Luft zum Atmen genommen hatte, ist vollends verflogen und hat einem Gefühl Raum gegeben, als würde sich eine unsichtbare Garrotte um meinen Hals legen und immer enger und enger ziehen. Dieses Gefühl droht mich langsam, aber sicher zu ersticken. In der Innentasche meines Hemds kann ich es spüren. Schwer und drückend, als wäre es aus Blei.

Das Kärtchen des *Salon des Indépendants*.

Meine von der Kälte noch immer leicht tauben Finger tasten nach dem kleinen Pappquadrat, ergreifen es, ziehen es hervor und drehen es zwischen den Fingerkuppen hin und her.

Es ist nicht das Schlimmste, dass ich nicht weiß, wie ich in so kurzer Zeit drei weitere Bilder zustande bringen soll. Das für sich genommen ist schon eine Katastrophe, aber es ist nicht das Schlimmste. Dass Toulouse seine Beziehungen für mich hat spielen lassen müssen, damit ich überhaupt eine Chance bekomme, meine noch nicht einmal gemalten Bilder dort ausstellen zu dürfen, ist es, was mir die Galle siedend heiß meinen Rachen hochkriechen lässt.

»Bitte sehr, Monsieur«, schnappt die metallische Stimme des Wirtes, als er das kleine Gläschen mit vernehmbarem Klacken auf dem klebrigen Tisch abstellt. Der auffordernde Blick aus kalten Augen, der leicht angewidert an den rötlichen Flecken auf meinem Hemd hängen bleibt, gibt mir überdeutlich zu verstehen, dass hier sofort bezahlt wird. In meinen Hosentaschen kramend, fördere ich innerlich aufatmend ein paar Centimes zutage und drücke sie ihm schweigend in die Hand. Knapp nickend, wendet der Wirt seine Aufmerksamkeit wieder seiner besser zahlenden Kundschaft zu. Meine Aufmerksamkeit ist noch immer gänzlich von dem kleinen Pappkärtchen in Beschlag genommen. Dem Inbegriff meines Versagens.

Schwer seufzend stütze ich meinen Kopf auf die Hand, nippe lustlos an dem scharfen Getränk, dessen Geschmack sofort meinen Mund ausfüllt und das Brennen in meinem Rachen zumindest ansatzweise vertreibt. Mein Kopf dröhnt wieder. Es ist schlichtweg unmöglich, in so kurzer Zeit die geforderten Bilder zu liefern. Zwar nicht unmöglich für jemanden wie Toulouse, aber definitiv unmöglich für jemanden wie *mich.*

»Und wieder treffe ich Sie in einer solch niedergeschlagenen Stimmung an, Monsieur. Geben Sie acht, sonst könnte das noch ein Dauerzustand werden.«

Der sonore, mir bekannte Bariton lässt mich unweigerlich erschrocken zusammenzucken und beinah den Inhalt des Glases auf meinem schon ruinierten Hemd verteilen. Auf seltsame Weise fühle ich mich ertappt. Mit stockenden Bewegungen hebe ich meinen Blick und sehe in ein Paar Augen in der Farbe dunkler Jade.

Das schwarze Haare elegant zurückgekämmt, das nur hier und dort eine widerspenstige Locke an den Seiten hervorlugt, sitzt er mit verschränkten Armen lässig auf der Kante des Nachbartisches. Der auffällige weiße Anzug ist einer schwarzen Hose und einer ebenfalls schwarzen Weste über einem roten Hemd gewichen.

»Sie?«, platzt es viel zu laut aus mir heraus. Die kichernden Damen zwei Tische weiter heben überrascht die Köpfe, verstummen für einen Moment wie ausgeknipst.

»Was machen Sie denn hier?«, fahre ich beschämt zu den Damen hinüberschielend und mit deutlich gesenkter Stimme fort, beäuge jede Bewegung meines Gegenübers misstrauisch. Er lacht leise und wieder erklingt es glockenhell. Er stützt sich vom Tisch ab und geht festen Schrittes auf mich zu.

»Darf ich?«, fragt er, als er sich auch schon auf den freien Platz am Tisch niederlässt und mit eleganten Bewegungen seine langen Beine überschlägt. Er fixiert mich mit einer so unheimlichen Mischung aus Süffisanz und unverhohlener Neugierde, dass es mir eiskalt den Rücken herunterläuft.

Viel zu überrumpelt, um auch nur einen klaren Gedanken zu fassen, geschweige denn eine sinnvolle Antwort zu formulieren, nicke ich lediglich wortlos. In meinem Kopf rauscht es. Ich kann das Blut hinter meinen Schläfen pulsieren hören. Mit einem Zug um die Mundwinkel, den ich beim besten Willen nicht zu deuten vermag, verschränkt er seine langen Finger ineinander und blickt mich abwartend über seine Knöchel hinweg an.

»Nun, das könnte ich Sie genauso gut fragen, Monsieur.«

Der intensive Blick aus tiefgrünen Augen, der innerhalb von Sekundenbruchteilen meinen Körper hinab- und wieder heraufgewandert ist, lässt mich aus meiner Schockstarre erwachen. Weiterhin stoisch schweigend, trinke ich mein bisher kaum angerührtes Glas mit einem tiefen Zug leer und bedeute dem Wirt mit einem barschen

Kopfrucken, diesem Zustand schnellstmöglich Abhilfe zu verschaffen.

»Ich musste einfach mal raus aus meinem Atelier. Hinaus an die frische Luft. Mir brummt nach einer langen Nacht noch immer der Schädel.«

Die dunklen Augenbrauen meines Gegenübers ziehen sich bei meinen Worten überrascht in die Höhe.

»Durchgemachte Nacht?«

Er legt den Kopf schief. »Sie sahen mir vergangene Nacht gar nicht danach aus, als wollten Sie noch stundenlang um die Häuser ziehen.«

Ich zucke nur müde mit den Schultern.

»Dem war auch nicht der Fall. Ich habe endlich wieder ein Bild malen können.«

Der Gedanke daran zieht mir den Magen zusammen, mehr noch, da ich seine irritierten Blicke auf mir spüren kann.

»Ist das denn kein Grund zur Freude? Weshalb schauen Sie dann so niedergeschlagen drein?«

Mit einem neuerlichen lauten Klacken stellt der Wirt das frisch gefüllte Glas auf den Tisch. Hektisch drücke ich ihm mein letztes Geld in die Hand. Er schnaubt deutlich hörbar, ehe er auf dem Absatz kehrtmacht. Mein Gegenüber schaut ihm belustigt hinterher.

»Möchten Sie nichts trinken?«, frage ich ihn über den Rand meines Glases hinweg, doch er schüttelt nur bedächtig den Kopf und entfaltet seine ineinander verschränkten Finger. Der dunkle Stoff seiner Weste raschelt leise, als er sich weiter zurücklehnt. Sie passt ihm wie angegossen.

»Was ist das für eine Karte?«

Ehe ich ihn davon abhalten kann, greifen seine Finger auch schon nach dem umgedrehten Kärtchen auf dem

Tisch. Mit skeptischer Miene hält er es sich vor die Augen und liest den Schriftzug.

»Dann darf ich Sie wohl beglückwünschen, werter Herr Künstler. *Salon de Indépedants*. Das ist eine vorzügliche Adresse.«

Das warme Lächeln, das seine Augen dazu bringt zu strahlen, vermag mich nicht zu erreichen. Eilig nippe ich an meinem gefüllten Glas. Der bleierne Knoten in meinem Magen verhärtet sich zu einem stählernen Klumpen.

»Wenn es nur so wäre. Leider Gottes scheine ich für diese vorzügliche Adresse derzeit nicht qualifiziert zu sein.«

»Weshalb nicht?« Er sieht verwundert von der Karte auf. »Sagten Sie nicht, Sie hätten letzte Nacht ein neues Bild gemalt?«

Er legt das Kärtchen wieder zurück auf die klebrige Tischplatte und verschränkt die Arme vor der Brust, seinen Blick keine Sekunde von mir abwendend. Ich weiß nicht, ob es ihm auffällt, doch treibt mir sein unverschämtes Mustern die Schamesröte ins Gesicht.

»Warum sind Sie letzte Nacht so schnell verschwunden?«, frage ich, anstatt ihm zu antworten, und diese Tatsache scheint ihn zu verstimmen. Sich mit weiterhin eng verschränkten Armen auf die Tischplatte aufstützend, lehnt er sich ein Stück weiter zu mir herüber, als wolle er mir ein Geheimnis verraten. Unweigerlich presse ich mich weiter in die zerschlissenen Polster des Diwans. Mir mag seine plötzliche Nähe nicht gefallen.

»Seltsam, dass Sie das fragen. Ich hatte die ganze Zeit über den Eindruck, dass Sie sich gestern nichts sehnlicher wünschten, als dass ich endlich verschwinde. Im Übrigen ist es im Moment nicht anders. Sie wirken so hilflos und fühlen sich so offensichtlich unwohl, dass ich geneigt bin, Sie wieder gänzlich Ihren trüben Gedanken zu überlassen.«

Zum zweiten Mal an diesem Abend fühle ich mich fürchterlich ertappt. Ist das so offenkundig? Sehe ich wirklich so verdammt mitleidserregend aus? Beschämt senke ich den Blick und wende ihn wieder meinem Glas zu. Wie gern würde ich in diesem Moment einfach in seinem Inhalt ertrinken.

»So ist das nicht«, flüstere ich in mein Glas hinein. »Ich hätte letzte Nacht gerne noch weiter mit Ihnen gesprochen.«

»Und worüber?«

»Über Ihre Sicht auf die Welt, die so gänzlich anders ist als die meine. Um ehrlich zu sein …«

Ich zweifle, ob ich es wagen kann ihm zu sagen, dass ich es einzig und allein ihm zu verdanken habe, dass in meinem Atelier zum ersten Mal seit Monaten kein weißes Monstrum mehr steht, das mich hochmütig angrinst. Ich kenne ihn schließlich kaum, doch scheint es mir das Mindestmaß an Anstand zu gebieten. Entschlossen reiße ich meinen Blick von der Tischplatte los und schaue ihm direkt in die Augen.

»Ich habe es nur Ihrer Eingebung zu verdanken, dass ich wieder malen konnte. Und dafür möchte ich mich aufrichtig bedanken.«

Das Lächeln auf seinen Lippen scheint bei meinen Worten ein wenig breiter zu werden und mit einem leichten Rucken seines Kopfes wirft er sein kohlrabenschwarzes Haar in den Nacken.

»Das freut mich sehr zu hören.«

Er langt erneut nach dem kleinen Pappkärtchen auf dem Tisch, wiegt es abschätzend in seinen Händen hin und her, als wolle er feststellen, wie viel es wohl wiegen könnte.

»Vielleicht sollen wir uns ein wenig enger miteinander vertraut machen. *Herr Künstler* ist zwar ein Name, den ich als überaus passend erachte, allerdings werden Sie wohl noch auf einen anderen Namen hören.«

Ohne es zu wollen, merke ich, wie mir dieser Satz ein Lächeln auf die Lippen zaubert.

»Mein Name ist Noël Poisonnier.«

»Noël? Ein wirklich schöner Name«, erwidert er und reicht mir seine Rechte über den Tisch.

»Mein Name ist Thujon.«

Ein kräftiger Händedruck. Seine Hand ist unglaublich warm.

»Nur Thujon?«, frage ich skeptisch nach, als sich unsere Hände wieder trennen, ich aber noch immer die Wärme seiner Finger auf den meinen spüren kann.

»Kein Nachname?«

Bei diesen Worten bricht er in das glockenhelle Lachen aus, das mir bereits am vergangenen Abend aufgefallen ist. Es ist das Lachen eines Jungen. Eines erfreuten Kindes.

»Nein, kein Nachname. Thujon muss reichen. Aber genug von mir. Nun sag mir doch, Noël …«

Er hält das Pappkärtchen zwischen Zeige- und Mittelfinger geklemmt hoch, dass es sein linkes Auge verdeckt und mir den geschwungenen Schriftzug zeigt.

»Was hat es mit dieser ominösen Karte und deiner niedergeschlagenen Stimmung auf sich?«

Ich seufze schwer. Innerlich hatte ich gehofft, dass wir nicht mehr auf diese gottverdammte Karte und ihre Bedeutung zu sprechen kommen würden, doch Thujon erweist sich erneut als überaus hartnäckig.

»Ein guter Freund hat mir angeboten, meine Bilder im *Salon des Indépendants* auszustellen. Allerdings müssen es mindestens vier Bilder sein und ich habe derzeit lediglich ein einziges fertig.«

»Und worin liegt das Problem?«

Er schlägt die Augen auf und scheint aufrichtig verwundert.

»Dass ich nicht weiß, wie ich die fehlenden Bilder in nur einem Monat malen soll. Bevor ich dich traf, habe ich monatelang keinen einzigen brauchbaren Pinselstrich auf die Leinwand gebracht.«

Nachdenklich tippt sich Thujon mit der Karte gegen die Unterlippe. Just in dem Moment, da er etwas erwidern möchte, beginnt unter lautem Johlen und Grölen das Abendprogramm. Irritiert wende ich mich der kleinen Bühne zu. Der arme Junge mit seinen kruden Sonetten ist verschwunden und hat einem Trio Mädchen Platz gemacht, das unter der nun ebenfalls donnerhallgleich einsetzenden, von mir so sehr gefürchteten 2/4-Takt-Musik anfängt, Cancan zu tanzen.

»Wie lange sitzen wir denn schon hier?«, höre ich mich fragen und blicke mich suchend um. Sollte das Abendprogramm nicht erst in einer Stunde beginnen?

Thujon lächelt verschmitzt, sodass winzige Fältchen seine Augen umrahmen. Er wirkt in keinerlei Weise überrascht.

»Die Zeit vergeht wie im Fluge, wenn man sich angeregt unterhält. Aber für mein Dafürhalten wird es hier langsam zu laut und ungemütlich. Wollen wir unsere Unterhaltung nicht lieber draußen fortführen?«

Noch immer vollkommen verwirrt nicke ich nur und folge Thujon, der sich mit gekonnten Bewegungen einen

Weg durch die feiernde Menge bahnt und das Café eilig verlässt. Der kalte Wind des Abends ist mittlerweile eisig geworden und bringt mich in meinem dünnen Leinenhemd augenblicklich zum Zittern. Mein Kopf fühlt sich seltsam leer und wattig an und im Verhältnis zu meinem restlichen Körper ungemein heiß.

Der Akkordeonspieler ist verschwunden. Ebenso das tanzende Pärchen. Nur die bunten Lichter wippen noch immer im Wind, wirken jedoch nicht mehr wie tanzende, sondern eher wie verschreckte Leuchtkäfer, so heftig reißt der Wind an ihren Ketten.

Neben mir streckt sich Thujon leise seufzend, wie eine zufriedene Katze. Er verschränkt die Arme hinter seinem Kopf. Das grelle Licht der elektrischen Reklame des *Chat Noir* spiegelt sich schwach in seinen dunklen Haaren wider, lässt diese grünlich glimmen. Er blickt in den Himmel und ich tue es ihm gleich.

»Was für ein Bild hast du letzte Nacht gemalt?«, fragt er in die Nacht hinein und die blassen Schwaden kondensierten Atems steigen gen einen sternenlosen Himmel. Enttäuscht darüber wende ich den Blick von der dunklen Masse über unseren Köpfen ab.

»Paris bei Nacht. Ein Sternenmeer.«

Bei der Erinnerung daran wird mir ein wenig wärmer.

»Und bevor du mich getroffen hast, konntest du keinen brauchbaren Pinselstrich auf die Leinwand bringen?«

Seine Worte sind sanft, doch klingen sie in meinen Ohren wie mein verzerrtes, gehässiges Echo. Ich gebe ihm keine Antwort. Er kennt sie bereits.

Langsam schlendern wir die schmale Straße hinab, auf Schritt und Tritt verfolgt von den aufgescheuchten

Glühwürmchen. Von allen Seiten her dröhnt Musik und Stimmengewirr, doch klingt es seltsam dumpf und fern, als halle es aus einer blechernen Röhre. Mir wird schwummrig.

»Und meine Idee mit dem Sternenmeer hat dir geholfen?«

»Ja, sie hat mir ungemein geholfen. Mehr als du dir vorstellen kannst«, gestehe ich es kaum hörbar. Erneut kann ich spüren, wie mir die Wärme in die Wangen schießt und ich bin froh um das uns allseits umgebende Zwielicht.

Urplötzlich bleibt Thujon stehen und wirbelt zu mir herum, dass seine glimmenden Haare nur so fliegen. Das unstete Licht malt Schatten und Muster auf sein scharf geschnittenes Gesicht.

»Möchtest du, dass ich dir bei den fehlenden Bildern helfe?«

Diese Frage trifft mich so vollkommen unvorbereitet, dass ich im ersten Moment nichts weiter tun kann, als ihn wortlos anzustarren.

Erst als er leise kichernd den Arm um meine Schultern legt und ein »Na, na, wer wird denn da gleich die Sprache verlieren?« in mein Ohr wispert, erwache ich aus meiner Starre.

»Wieso solltest du das tun?«, murmele ich, die Worte wollen nur langsam über meine Lippen kommen. Die Wärme des um mich geschlungenen Armes, der mich enger an einen noch wärmeren Oberkörper zieht, lässt mich schwindeln. Die Geräusche um mich herum werden immer scheppernder. Die Leuchtkäfer fliegen umher wie wild.

»Weil ich dir gerne helfen möchte. Meine Hilfe hat dir

bereits eine Eingebung beschert, vielleicht gelingt es mir ja noch ein weiteres Mal.«

Sein Atem streicht bei jedem seiner Worte sanft gegen meine Schläfen. Wie ein beruhigender, lauer Wind.

»Und vielleicht auch, weil ich es nicht noch ein weiteres Mal ertrage, dich so niedergeschlagen zu sehen, Noël.«

Die Hand auf meiner Schulter drückt mich noch ein wenig enger an seinen Oberkörper. Seine Wärme, das flackernde Licht, der Geruch nach Anis, all das lässt mir den Kopf schwirren. Er legt seine Stirn sanft gegen meine. Sein Gesicht flirrt vor meinen Augen.

»Sorge dich nicht, Noël. Ich bin ein niemals enden wollender Quell an Ideen«, höre ich seine geflüsterten Worte, ehe alles in ein sanftes, beruhigendes Rauschen übergeht und mir schwarz vor Augen wird.

Kapitel 6

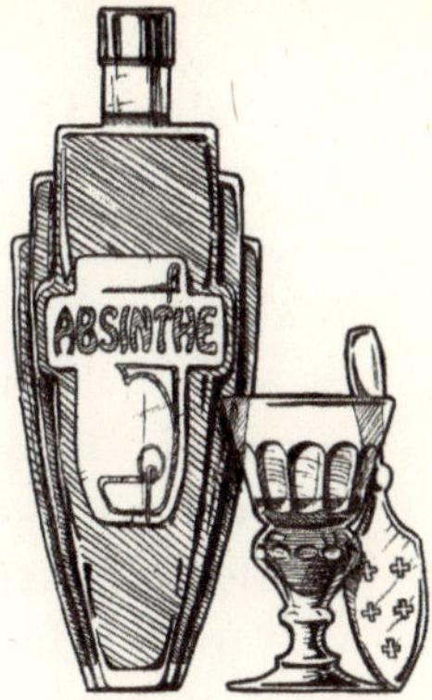

Warme Sonnenstrahlen tanzen über mein Gesicht. Es fühlt sich an, als würden bleierne Gewichte auf meinen Augenlidern lasten, so schwer fällt es mir, sie auch nur einen Spalt breit zu öffnen. Irritiert blinzle ich kurz gegen das grelle Licht an, nur um die Augen wenige Sekunden später wieder fest zusammenzukneifen. Das viel zu helle Licht verstärkt die latent hinter meiner Stirn wütenden Kopfschmerzen um ein Vielfaches und lässt mich schwindeln. Sogar durch geschlossene Lider hindurch scheint es sich auf meine Netzhaut einzuätzen. Alles fühlt sich seltsam leer und wattig an und im ersten Moment kann ich vor lauter Schwindel und gleißender Helligkeit nicht einordnen, wo ich mich befinde. Meine Hände gleiten fahrig über die weiche Unterlage. Stoff. Laken. Ich liege in einem Bett. Das laute Rascheln und Scheppern neben mir lässt mich zusammenfahren und bringt mich widerwillig dazu, meine Augen erneut einen Spaltbreit zu öffnen. Langsam nimmt die Welt um mich herum Gestalt an. Verschwommen erkenne ich den wackeligen Tisch, die schiefe Fensterfront. Ich bin zu Hause. In meinem Atelier. Das altbekannte Durcheinander. Der beißende Geruch nach Ölfarbe und moderiger, abblätternder Tapete. Erst jetzt bemerke ich den kleinen Mann, der sich auf dem Tisch an etwas zu schaffen macht und just in diesem Moment zu mir umdreht.

»Endlich. Du bist wach.«

Er greift nach einer Karaffe auf dem Tisch und füllt mir ein. Ich brauche einige Sekunden, um zu realisieren, dass Toulouse mir das Glas Wasser auffordernd entgegenhält. So auffordernd, dass sein Inhalt über den Rand hinweg auf den Boden schwappt.

»Wie geht es dir?«, fragt er leise, als er sich auf die Kante des Bettes sinken lässt.

»Etwas schwummrig«, antworte ich schleppend in das Glas hinein und bin erschrocken vom Klang meiner eigenen Stimme. Sie ist heiser und lallend. Ich trinke das Glas in schnellen Zügen leer, das kalte Wasser schmerzt in meiner wunden Kehle. Toulouse nickt nur, nimmt mir das leere Glas ab und füllt es erneut.

»Hier, trink!«

Wieder hält er mir das Glas so energisch entgegen, dass Wasser auf mein halb geöffnetes Hemd tropft.

Das rutschige Glas unschlüssig in meinen Händen drehend, wage ich nur sehr verhalten den Blick zu heben und Toulouse in die Augen zu schauen. Es ist eine seltsame Mischung, die mir aus ihnen entgegenblickt. Eine Mischung aus Wut und stiller Besorgnis. Ich nehme einen erneuten tiefen Schluck, ehe ich vorsichtig frage:

»Wie bin ich hierhergekommen?«

Das Letzte, woran ich mich erinnern kann, ist der dunkle Himmel über meinem Kopf, der nicht einen einzigen Stern zeigte. Eine dunkle, schwere Decke.

Toulouse stößt einen leisen Seufzer aus, ehe er beginnt: »Freunde von mir haben dich ohnmächtig auf der *Rue de Laval* gefunden. Es war dein Glück, dass du das Kärtchen vom *Salon des Indépendants* bei dir hattest, sonst wären sie niemals auf die Idee gekommen mich zu fragen, ob ich dich nicht vielleicht kenne.«

Ich nicke wortlos und versuche den gerade gehörten Worten einen Sinn zu entnehmen. Toulouse nimmt mir das halbleere Glas aus der Hand, um selbst einen tiefen Schluck daraus zu nehmen, ehe er lakonisch fortfährt:

»Du hast mir vielleicht einen Schrecken versetzt. Gibt Schöneres, als nachts um zwei aus einem Café gezerrt zu werden, um zu schauen, ob man den halbtoten Burschen in der Gosse kennt. Und man dann auch noch feststellen muss, *dass* man ihn kennt.«

Beim Klang des Wortes *Gosse* zieht sich alles in mir zusammen. Toulouses tadelnder Blick macht es in keinerlei Weise besser. Die großen, braunen Augen starren mich inquisitorisch über den Rand seiner Brille hinweg an.

»Was ist denn letzte Nacht geschehen?«, fragt er barsch das bisher Unausgesprochene, seine tiefe Stimme wird gen Ende des Satzes immer schriller. Ich kann seinem fragenden Blick nicht standhalten und schlage peinlich berührt die Augen nieder. Abwesend sehe ich meinen Händen dabei zu, wie sich eiskalte Finger in den weißen Laken festkrallen.

Ja, was genau *ist* letzte Nacht geschehen?

Ich stütze meinen hämmernden Kopf auf dic in den Laken verkrampften Hände, schließe die Augen und versuche, die Ereignisse des letzten Abends Revue passieren zu lassen. Doch es gelingt mir nur bruchstückhaft. In meinem Kopf herrscht ein sich unerbittlich drehender Malstrom.

»Ich war im *Chat Noir*«, murmele ich und habe schwammig wieder das Bild des unfreundlichen Wirtes und des armen Jungen mit den unsäglichen Gedichten vor Augen.

»Im *Chat Noir?*«

Toulouse klingt mehr als nur erstaunt und er hat auch allen Grund dazu. »Was in Gottes Namen hat *dich* denn dorthin verschlagen?«

Ich rucke abwehrend mit den Schultern, da ich ihm eine Antwort schuldig bleibe, und lasse mich mit geschlossenen Augen gegen das Kopfteil meines Bettes sinken.

Das tanzende Pärchen … die alte Prostituierte … die aufgeschreckt umherhüpfenden Glühwürmchen und ein grünlicher Schimmer …

Die Bettfedern quietschen leise, als sich Toulouse von der Bettkante erhebt.

»Ruh dich aus.« Er sagt es sanft, flüstert beinah und eine fleischige, warme Hand greift für einen kurzen Augenblick nach der meinen. Drückt sie leicht.

»Ich komme später wieder, um nach dir zu sehen. Brot und Käse stehen auf dem Tisch, falls du Hunger haben solltest.«

Ich nicke dankbar, obwohl ich keinerlei Hunger verspüre, und das bärtige Gesicht meines Freundes verzieht sich zu einem schwachen Lächeln. Er ist schon im Begriff zu gehen, als mir noch etwas einfällt. Siedend heiß, dass es mich halb aus dem Bett springen lässt, um ihn aufzuhalten.

»Toulouse … Sag François, dass ich an der Ausstellung im *Salon des Indépendants* teilnehmen werde.«

Ich weiß in diesem Augenblick selbst nicht, wieso diese Worte wie selbstverständlich über meine Lippen kommen, doch tief in meinem Innern fühlt es sich richtig an, sie zu sagen.

Toulouse zieht für einen kurzen Moment überrascht die Augenbrauen hoch, ehe er breit grinsend nickt.

»Das ist die richtige Entscheidung, Noël. Ich werde es mit Freuden ausrichten.«

Er tippt sich zum Abschied noch einmal kurz gegen die Krempe seiner Melone, ehe er leise die Tür hinter sich ins Schloss zieht und mich in der Stille meines Ateliers zurücklässt. Hinter meinen Schläfen wummert es noch immer. Laut und schwer, wie ein Eisenhammer auf einen Amboss. Mein müder Blick wandert über das allgegenwärtige Chaos in meinem Zimmer, ehe er an dem Gemälde auf der Staffelei hängen bleibt.

Grüne Augen.

Ich lächle leicht.

Die letzten Strahlen orangeroten Lichtes fallen durch die blinden Fenster meines Ateliers und malen verzerrte Muster auf die Wände. Sie tanzen umher und lassen mich schwindeln. Noch immer fühle ich mich elend, daran hat auch ein vergeudeter Tag im Bett nichts ändern können. Auf dem Tisch stehen unangerührt Brot und Käse sowie eine Flasche frischen Apfelmosts, den mir Toulouse bei seinem nachmittäglichen Besuch mitgebracht hat. In schnellen Bewegungen reibe ich mir mit den Handinnenflächen über die Augen und versuche den besorgten Ausdruck auf seinem Gesicht aus meinen Gedanken zu verbannen. Doch es mag mir nicht recht gelingen. Die Erinnerungen an den vergangenen Abend kamen mit einer solchen Wucht zurück in meinen Geist geflutet, dass mir schlecht wurde und ich selbst meinem engsten Freund in dieser Stadt nicht von ihnen erzählen konnte.

Was hätte ich ihm auch erzählen sollen?

Schwer ausatmend raffe ich mich aus den Tiefen meines Bettes auf und wanke hinüber zur Leinwand. Ein letzter zufriedener Blick auf mein Werk und ich nehme das getrocknete Bild von der Staffelei, lege es behutsam auf das nun verwaiste Bett.

Heute Nacht brauche ich es eh nicht mehr.

Kalte Finger huschen über die Regale und finden schließlich einen mit jungfräulich weißer Leinwand bespannten Keilrahmen.

Das weiße Quadrat.

Leer und kalt starrt es mich von der Staffelei aus an, während ich wie an unsichtbaren Fäden hängend damit beginne, die Farben anzurühren und auf die Palette aufzutragen. Noch immer trage ich die Kleidung des vergangenen Abends. Nein ... der vergangenen zwei Tage. Der dunkelrote Rostfleck direkt auf meiner Brust erinnert mich schmerzlich daran und resigniert verabschiede ich mich von dem Gedanken, weiterhin ein gutes Hemd zu besitzen. Meine Finger fühlen sich so ekelhaft taub und starr an, während sie mit dem kleinen Schwamm die Grundierung des Bildes auf die Leinwand tupfen. Ich muss sie zu dieser Bewegung zwingen und nur quälend langsam erfüllt ein warmes Blau das Quadrat. Frisst das alles einnehmende Weiß auf. In meinem Kopf drehen sich meine eigenen Worte in einer bösartigen Endlosschleife. Sie werden schriller und höhnischer, je öfter sie sich in meinem Kopf wiederholen.

Sag François, dass ich an der Ausstellung im Salon des Indépendants teilnehmen werde.

Wie konnte ich nur so dumm sein?

Wütend wische ich mit einem brutalen Hieb des Schwamms über die Leinwand, der eine tiefe dunkelblaue

Schneise in das ebenmäßige Blau reißt, und werfe den Schwamm mit solcher Wucht auf den Boden, dass die Farbe nur so spritzt. Langsam tropft die dicke, ätzend riechende Ölfarbe den Keilrahmen hinunter, bildet eine kleine Lache auf dem Boden.

Erneut fahren meine Hände hektisch über mein Gesicht, durch meine verklebten Haare. Ich trete stockend einen Schritt zurück und sehe starr den Tropfen dabei zu, wie sie weiter das Bild herabkriechen. Alles dreht sich in einem azurnen Strudel.

Müde. Ich fühle mich so unglaublich leer und müde.

Erschöpft lasse ich mich hinterrücks auf den Stuhl fallen und sacke in mich zusammen. Klamme Finger tasten nach der Flasche neben dem Tisch. Ich nehme einen tiefen Schluck, der mir in der trockenen Kehle brennt. Bunte Lichtpunkte huschen vor meinen Augen umher, selbst wenn ich die Lider schließe. Und für einen kurzen Augenblick wird mir warm und leicht ums Herz. Warm, als würde sich eine dicke, wollene Decke schützend um meine Schultern legen, und ich seufze leicht, als ich mich die Stuhllehne herabsacken lassen und den Kopf in den Nacken lege. Ich will es gar nicht sehen. Es sieht bereits jetzt fürchterlich aus. Einfach schrecklich.

»Das sieht aber gar nicht gut aus, werter Herr Maler.«

Seine dunkle Stimme hallt von den Wänden wider. Der sonore Klang ist viel zu laut für diesen kleinen Raum.

»Thujon?«

Erschrocken fahre ich zusammen, dass ich beinah hinterrücks vom Stuhl falle, ehe ich aufspringe und ihn fassungslos anstarre.

Die Arme in seiner gewohnten Geste vor der in perlweißes Leinen gehüllten Brust verschränkt, steht er abwartend im Türrahmen, den Mund zu einem feinen Lächeln verzogen.

»Was zur Hölle tust du hier?«, platzt es aus mir heraus.

Der belustigte Ausdruck auf Thujons scharf geschnittenem Gesicht verschwindet nicht. Im Gegenteil. Er wird regelrecht spitzbübisch, als er sich wie ein Schatten aus dem Rahmen löst und die Tür hinter sich ins Schloss zieht.

»Ich war in der Gegend und wollte nach dir sehen.«

Verdutzt schlage ich die Augen auf und meine Verwunderung scheint ihn nur noch mehr zu erheitern.

»Woher weißt du, wo ich wohne?«, murmle ich und nun ist es an mir, die Arme vor der Brust zu verschränken.

Er lacht leise.

»Du scheinst dich ja an nicht mehr viel erinnern zu können. Du hast es mir erzählt. Genauso, wie du mich darum gebeten hast, dass ich dir bei deinen Bildern helfe.«

Sein rechter Arm vollführt eine ausladende, vage Geste Richtung Staffelei.

»Wie geht es dir heute?«

Fragend hebt er eine Augenbraue und ich weiß, dass er auf die vergangene Nacht anspielt. Ich schlucke schwer und spüre, wie meine Wangen bei der Erinnerung an die letzte Nacht anfangen zu brennen. Mühsam versuche ich meinen Lippen ein Lächeln abzuringen. Und auch wenn ich es nicht sehen kann, so weiß ich doch, dass es mir gründlich misslingt.

»Ich bin etwas müde«, gestehe ich kleinlaut und ein wissendes Kopfnicken ist die einzige Antwort. Er geht ohne ein weiteres Wort an mir vorbei auf die Staffelei zu und bleibt abwartend vor ihr stehen.

Den Kopf mit den dunklen, widerspenstig in alle Himmelsrichtungen abstehenden Locken leicht zur Seite geneigt, tritt er, so wie ich es nur wenige Augenblicke vor ihm tat, einen Schritt zurück und betrachtet schweigend das verhunzte Leinen. Der dicke Kloß in meinem Hals wächst und hämmert gegen meinen Kehlkopf.

Er wird es lächerlich finden. Alsbald wird mit Sicherheit wieder das glockenhelle Lachen durch den Raum hallen, das nicht recht zu seiner Erscheinung passt. Mit zunehmender Anspannung beobachte ich ihn in seiner stummen Musterung.

Der belustigte Ausdruck auf seinem Gesicht ist einer versteinerten Miene gewichen.

»Was sollte das denn ursprünglich werden?«, fragt er leise. Er dreht den Kopf und blickt mich skeptisch über die Schulter hinweg an. Erneut der prüfende Blick aus tiefgrünen Augen, der meinen Körper zu erkunden scheint. Er lässt mich frieren, obwohl mir die Hitze immer mehr zu Kopfe steigt.

»Ich wollte das *Chat Noir* bei Nacht malen«, gestehe ich kaum hörbar, hilflos mit den Schultern zuckend, und wende mich von ihm ab, darauf bedacht, nicht in die Lache bereits halb getrockneter Ölfarbe zu treten.

»Wie du siehst, bin ich nicht sehr weit gekommen.«

Das selbst in meinen Ohren gekünstelt klingende Lachen bleibt mir beim Anblick seiner ausdruckslosen Mimik im Halse stecken.

»Das ist wohl wahr.«

Sein Kopf hebt und senkt sich in mitleidiger Zustimmung, seine Finger halten sein Kinn umklammert, als er weiterhin nachdenklich das Bild betrachtet.

Die aufkommende Stille ist mir unheimlich. Ebenso sein ausgiebiges Stieren auf die Leinwand.

»Möchtest du etwas trinken?«

Ohne weiter darüber nachzudenken, halte ich ihm die Flasche Apfelmost entgegen, doch er scheint mir überhaupt nicht zuzuhören. Noch immer scheinen seine Augen wie hypnotisiert an dem blauen Chaos zu kleben.

»Versuch es weiter.«

»Bitte?«

Irritiert lasse ich die Flasche in meiner Hand sinken. Endlich wendet er den Blick von der Leinwand ab und ein aufmunterndes Lächeln umrahmt seinen Mund. Es lässt seine grünen Augen leuchten.

»Ich möchte, dass du es weiter versuchst.«

Ohne Umschweife bückt er sich und greift nach dem Schwamm zu seinen Füßen. Er hält ihn mir ermutigend entgegen. Sein Lächeln wird noch ein wenig wärmer.

»Was soll das bringen?«, frage ich nicht ihn, sondern meine Füße. »Das Bild ist so oder so bereits verdorben.«

»Mein Lieber.«

Sanft legt sich eine Hand auf meine Schulter, unter deren Berührung ich unweigerlich zusammenzucke.

»Sieh doch nicht alles immer so negativ. Versuch es wenigstens.«

Etwas im Klang seiner Stimme ist anders als sonst.

Entschlossen wende ich den Blick vom Boden ab und greife nach dem Schwamm in seiner Hand. Vorsichtig beginne ich, über die bereits angetrockneten Farbnasen zu tupfen. Ich sehe es nicht, doch ich kann hören, wie er einige Schritte zurücktritt und sich mit einem tiefen Seufzen auf die Couch fallen lässt. Auch sehe ich seine Blicke nicht, doch spüre ich sie wie Dolche in meinem Rücken. Sie scheinen jeder meiner Bewegungen zu folgen. Sei es bei meinem vergeblichen Versuch, die Farbnasen zu verblenden, oder bei meinem ebenfalls mehr schlecht als recht gelingenden Unterfangen, sie mit dem Malmesser wegzukratzen. Genervt aufseufzend, lasse ich schließlich das Messer sinken. Die Farbnasen sind besser geworden, allerdings noch immer nicht vollkommen verschwunden. Wenn ich die teure Leinwand nicht endgültig wegwerfen will, muss ich mir wirklich etwas einfallen lassen. Erneut tauche ich den kleinen Schwamm in die blaue Farbe und will grade ansetzen, ein weiteres Mal den Hintergrund zu verblenden, als ich Thujons dunkle Stimme hinter mir höre.

»Die Farbwahl ist falsch.«

Er klingt verärgert, während er mit überschlagenen Beinen und hinter dem Kopf verschränkten Armen auf der Couch sitzt und mich und mein Tun beobachtet. Mit stockenden Bewegungen lasse ich den Schwamm in meiner Hand sinken und blicke ihn verständnislos an.

»Wie meinst du das, sie ist *falsch*?«, frage ich gedehnt in einem ungewohnt scharfen Tonfall nach und spüre, wie sich meine Stirn in Falten legt. Sich mit einer schwungvollen Bewegung aus den Klauen der Polster befreiend, durchmisst er den Raum mit zwei schnellen Schritten. Versierte Handgriffe beginnen, die blauen Pigmente auf der Palette mit schwarzer Ölfarbe zu vermischen.

Wie selbstverständlich beginnt er, sich an meinen Malutensilien zu bedienen, und ich lasse ihn fassungslos gewähren.

Wortlos nimmt er meine Hand, die noch immer wie versteinert den Schwamm umklammert hält, und führt sie zur Palette. Wieder ist seine Hand so unsagbar warm. Nachdem der Schwamm mit schwarzer Farbe getränkt ist, vollführt seine Rechte eine weite, ausladende Bewegung über die Leinwand, führt meine Hand wieder und wieder in derselben seltsamen Geste über die obere Hälfte, bis sich eine mitternachtsschwarze Fläche vor meinen Augen auftut. Ich spüre die Wärme seines Körpers hinter mir, wie er sich eng an meinen Rücken schmiegt und mit seinen feingliedrigen Fingern meine Bewegungen steuert. Mein Arm scheint nichts mehr zu wiegen. Mit gekonnten Bewegungen führt er den Schwamm weiter über die Leinwand.

»Der Himmel muss dunkler werden«, raunt er in mein Ohr, sein warmer Atem streicht über meine Haut und lässt mich frösteln. Seine Hand hat die meine losgelassen und achtsam imitiere ich seine Bewegungen.

»Dunkler?«, wiederhole ich indes wie ein dummer Schuljunge.

Ich kann den schlanken Körper direkt hinter dem meinen spüren. Wie er sich beim Heben und Senken seiner Brust mit jedem Atemzug näher gegen meinen Rücken drängt. Mit einer sanften Bewegung beugt er sich noch ein wenig weiter vor und legt einen Arm um meine Hüfte.

Heißer Atem kitzelt meinen Nacken, Lippen formen geflüsterte Worte. Eine Locke rabenschwarzen Haares streicht leicht gegen meine glühende Wange, ehe er mich gänzlich in seinen Arm nimmt und ich mein Gesicht zu ihm drehe.

»Ja, Noël«, wispert er und beugt sich zu mir herab. *»Viel dunkler.«*

Heiß stoßen seine gehauchten Worte gegen meine Lippen, ehe er sie mit den seinen verschließt.

Kapitel 7

Dieser Geruch. Es ist dieser so vertraute und zugleich seltsam befremdliche Geruch, der mir in der Nase brennt und mich verschlafen die Augen aufschlagen lässt. Verschwommen nehmen die Konturen meines Ateliers Gestalt an und inmitten all des altbekannten Durcheinanders steht etwas, das so gänzlich deplatziert wirkt, dass ich es schlaftrunken zunächst nicht eindeutig identifizieren kann.

Hektisch blinzle ich, bis sich meine Pupillen an die Helligkeit gewöhnt haben, und meine Gehirnwindungen beginnen zu verarbeiten, was meine Augen sehen.

Die Sprungfedern quietschen erbärmlicher denn je unter meinem Gewicht, als ich mich mühsam und mit steifen Gliedern von der Couch aufrichte. Mein Nacken knirscht und knackt bei jeder noch so kleinen Bewegung. Ich muss ihn mir vergangene Nacht auf der harten Lehne verlegen haben.

Etwas wackelig auf den Beinen stehe ich auf, spüre die kalten Dielenbretter unter meinen nackten Fußsohlen und trete, nicht ohne ein gewisses Maß an Skepsis, vor das fremde Ding in meinem Atelier. Ohne es zu wollen, beginnen sich meine Mundwinkel zu einem breiten Lächeln zu verziehen.

Es ist tatsächlich fertig.

Strahlend bunt leuchten mir die Farben entgegen, heller und schöner noch, als jedes elektrische Lämpchen in ganz Montmartre es je könnte.

Die hässlichen Farbnasen sind verblendet zu einem dunklen Himmel. Dunkelblau, beinah schwarz, aber über und über gesprenkelt mit hell leuchtenden Sternenpunkten. Wie schön es doch ist, dass man sich als Maler seine eigene Wirklichkeit schaffen kann. In der Nacht mit Thujon war über dem *Chat Noir* kein einziger Stern am Himmel.

Thujon!

Erschrocken zucke ich bei dem Gedanken an ihn und die vergangene Nacht zusammen und fahre suchend herum. Irritiert drehe ich mich einmal um die eigene Achse und lasse meinen Blick über das Chaos huschen.

»Thujon?«

Sein Name hallt durch die Stille. Doch mir ist klar, dass er nicht mehr hier ist. Das Atelier wirkt wie ausgestorben. Nur ganz leicht, wie eine langsam verblassende Erinnerung, liegt der zarte Duft von Anis noch über den erkalteten Laken, die achtlos auf der Couch und den Dielen liegen. Als einzige Bestätigung dafür, dass er wirklich hier gewesen ist.

Wobei … nein, ich schüttle bedächtig mit dem Kopf.

Das stimmt nicht.

Mein Blick richtet sich wieder auf die nächtliche Szenerie. Die wahre Bestätigung ist das vollendete Bild vor mir.

Vorsichtig trete ich einen Schritt näher an die Leinwand und taste andächtig mit den Fingerspitzen über die Schwingungen des Pinsels.

Verdammt!

Erschrocken ziehe ich meine Hand zurück, als ich die

Nässe unter meinen Fingerkuppen spüre. Die Farbe ist noch nicht getrocknet.

Natürlich ist sie das nicht, schelte ich mich in Gedanken und wische die dunklen Farbreste an meinem ehemals guten Hemd, nun Mallappen, über der Stuhllehne ab.

Es war beinah Morgengrauen, als Thujon und ich das Bild vollendet haben. Die Farbe *kann* noch gar nicht getrocknet sein.

Unweigerlich wandert meine Aufmerksamkeit zurück zu den zerknitterten Laken auf dem Boden und ebenso unweigerlich merke ich, wie mir die Wärme in die Wangen schießt.

Nein, ich habe mir die vergangene Nacht nicht eingebildet. Doch wo steckt er?

Die allgegenwärtige Stille in diesem mit einem Mal viel zu kleinen Raum wird von Sekunde zu Sekunde unerträglicher. Schleichend nistet sich ein fieses Pochen hinter meinen Schläfen ein und hastig steige ich auf den maroden Hocker unter der Dachschräge, um die Fenster zu öffnen. Mit einem Stoß reiße ich sie auf und spüre den lauen Wind, rieche die mit Ruß versetzte Morgenluft. Hektisch nehme ich mehrere tiefe Atemzüge und versuche, die aufkommenden Kopfschmerzen zu verscheuchen wie ein böses Gespenst, doch wie so häufig mag es mir nicht gelingen. Es lässt mich würgen. Mit wackeligen Knien steige ich so schnell von meiner Erhöhung herab, wie ich sie erklommen habe, und lasse mich auf den Stuhl am Tisch sinken, den wummernden Kopf auf die Faust gestützt.

Nur ein einziger Gedanke dreht sich in meinem Kopf und er lässt das gemeine Pulsieren immer unerträglicher werden.

Warum ist er nicht mehr hier?

Dieser eine Gedanke frisst sich wie schwelende Glut durch meinen Geist und lässt mir einfach keine Ruhe mehr.

Warum ist er gegangen, ohne ein Wort zu sagen?

Wohin ist er gegangen?

Ein kurzer, abschätzender Blick über den Tisch bringt mir keine Erleichterung. Kein Brief, keine Nachricht, die ich übersehen haben könnte – *nichts*.

Er ist einfach nicht mehr da und das sonst so vertraute, heimische Atelier verströmt eine Kälte, die mich zittern lässt.

Vielleicht ist er es leid, mir bei meinen mühseligen Versuchen helfen zu müssen.

Vielleicht war es einfach nur ein kurzlebiges, dem Impuls geschuldetes Strohfeuer, das uns letzte Nacht hat zusammenfinden lassen und vielleicht … ja vielleicht bin ich nichts weiter als ein wehleidiger, von Selbstmitleid zerfressener Tropf, der ohne seinen wunderschönen Schatten sein eigenes Machwerk nicht mehr erträgt.

Es schaut mich regelrecht höhnisch an. Die bunten Farben verblassen schon, wirken gar nicht mehr so fröhlich und lebensfroh, sondern traurig und verloren auf der doch viel zu dunkel geratenen Leinwand. Verblasste Versprechen eines schöneren Lebens.

Schließlich war die Nacht vor dem *Chat Noir* auch schwarz und sternenlos.

Meine Lippen fühlen sich rau und geschwollen an. Auch die kalte Nässe, als ich an dem vom vorherigen Abend übrig gebliebenen Glas nippe, kann das widerliche Gefühl von Trockenheit auf ihnen nicht vertreiben. Es macht sie nur klebriger.

»Was ist denn mit dir geschehen?«

Die Worte schwappen in meinen Geist wie eine mannshohe Welle und ich fahre zusammen, sodass mir das Glas beinah aus den Händen gleitet.

Mit verschränkten Armen steht er in der geöffneten Tür. Ich hatte gar nicht gehört, wie sie aufging, knarzen die Angeln doch sonst immer so armselig.

Fragend hat er eine der dunklen Augenbrauen in die Höhe gezogen und mustert mich wortlos, ein Hauch von Besorgnis liegt in seinem Blick.

Ich nehme einen erneuten tiefen Schluck, um den bleiernen Kloß in meinem Hals herunterzuwürgen.

»Wo bist du gewesen?«, frage ich ihn erwartungsvoll von meinem Glas aufsehend und das feine Lächeln um seine scharf geschnittenen Mundwinkel lässt mich leicht und schwummrig werden.

»Frische Luft schnappen und den herrlichen Morgen begrüßen«, erwidert er vergnügt, als er sich aus dem Türrahmen löst und in einer fließenden Bewegung auf den Stuhl mir gegenüber sinken lässt. Ausdruckslos sehe ich dabei zu, wie er sich eine Zigarette aus seiner Hemdtasche fischt. Das Ratschen eines angerissenen Streichholzes erklingt unangenehm laut und versonnen sieht er den Rauchschwaden nach, wie sie aus dem halb geöffneten Fenster ziehen.

»Es ist herrlich dort draußen.«

Er schließt die Augen. Ich antworte ihm nicht. Einerseits bin ich so unendlich froh, dass er wieder hier ist, andererseits schäme ich mich für meine kindischen Gedanken, die mich gleich das Schlimmste haben befürchten lassen.

Auch mein Blick folgt den silbernen Schwaden, wie sie sacht hinfortgeweht werden.

Thujon grinst.

»Aber nicht so herrlich wie die vergangene Nacht.«

Aus einem Vorhang dunkler Wimpern blicken zwei zu Schlitzen verengte, kaum als geöffnet zu erkennende Augen zu mir herüber und ich kann spüren, wie seine Worte meine Wangen zum Glühen bringen. Auch Thujon bemerkt dies und fängt herzlich an zu lachen. So sehr, dass die Asche seiner Zigarette auf den Boden fällt.

»Schau doch nicht so verlegen drein, Noël. Es gibt keinerlei Grund für Scham.«

Das laute Lachen geht in ein erheitertes Glucksen über und er zieht ein weiteres Mal tief an seiner Zigarette. Der Rauchgeruch lässt mich schwindeln. Träge ziehen neue Schwaden über unsere Köpfe hinweg und sie erinnern mich an zwei Körper. Wie sie sich winden, sich fest umschlingen.

»Wäre es dir lieber gewesen, ich wäre nicht wiedergekommen und einfach wie ein Phantom in der Nacht verschwunden?«

Das leichte Lachen ist verklungen. Inquisitorisch sehen die grünen Schlitze über den fest zwischen die Lippen geklemmten Zigarettenstummel zu mir herüber. Durch den silbernen Nebel wirken sie nur umso eindringlicher.

»Nein.«

Entschieden schüttele ich mit dem Kopf und greife in einer hastigen Geste nach dem Glas auf dem Tisch. Meine Stimme ist rau und heiser.

»Ich bin froh, dass du zurückgekommen bist«, fahre ich nach einem letzten tiefen Schluck etwas bestimmter klingend fort. Eilig stelle ich das Glas auf den Tisch zurück. »Sehr froh sogar.«

Thujon wirft den glimmenden Stummel in die Neige meines Glases, wo die Glut zischend verlischt. Erwartungsvoll lehnt er sich über den Tisch zu mir herüber.

»Warum siehst du dann so aus, als würdest du jeden Augenblick in Tränen ausbrechen, mein Lieber?«

Seine sanften Worte sind wie ein Schlag ins Gesicht. Sieht man mir meine Gefühle so sehr an?

Hektisch fahre ich mir mit beiden Händen über die Augen.

»Weil ich dachte, du wärest fort.«

»Nun, das war ich schließlich auch«, entgegnet er und legt leicht verwirrt den Kopf schief, dass eine Strähne dunkler Locken sein rechtes Auge verdeckt.

»So meine ich das nicht.«

Seinen fragenden Blick ignorierend, starre ich an ihm vorbei und fixiere die Wand hinter ihm mit der schrecklich hässlichen, abblätternden Tapete.

»Wie meintest du es dann?«

Seine Stimme ist nicht viel mehr als ein Flüstern und aus dem Augenwinkel heraus erkenne ich, wie er das Kinn auf die Faust aufstützt und mich unverwandt ansieht.

Ich seufze tief.

Es ist wohl unumgänglich.

»Ich dachte, du würdest nicht mehr wiederkommen.«

Der versteinerte Ausdruck auf seinem schmalen Gesicht, als ich mich ihm wieder zuwende, verschreckt mich.

»Wie kannst du so etwas denken?«

Die dünnen Brauen sind zusammengezogen, zwischen ihnen hat sich eine tiefe Furche gebildet. Die soeben noch verführerisch geschlossenen Augen sind weit aufgerissen.

»Dachtest du allen Ernstes, ich arbeite mit dir an deinen Bildern, helfe dir, schlafe mit dir, nur um –«

»Ich wollte dich nicht kränken«, fahre ich ihm dazwischen, versuche meine eigenen Worte zu revidieren und greife hastig nach seiner auf dem Tisch ruhenden Hand. Wie immer ist sie so warm unter meinen Fingern. Für einen Herzschlag jagen mir die Erinnerungen an die Berührungen dieser warmen Finger auf meinem Körper durch den Kopf und mein Griff wird fester.

Der angespannte Ausdruck auf seinem Gesicht wird ein wenig weicher, als er damit beginnt, Finger für Finger unsere Hände ineinander zu verschränken.

»Ich hatte Angst, dass du vielleicht genug davon haben könntest, mir zu helfen. Dass es dich langweilt.«

Ich fühle mich so dumm, als ich diese Gedanken laut ausspreche, und zudem macht es die Situation keinen Deut besser.

»Ich bin einfach nur froh«, höre ich, wie meine Stimme fortfährt zu sprechen, als halle sie aus einer blechernen Röhre. »So froh und dankbar, dass du bei mir bist und mir geholfen hast. Ohne dich wäre das Bild niemals fertig geworden.«

Sein Daumen fährt beruhigend über meine Hand, der Griff seiner Finger um die meinen wird fester. Ein bleiernes Gewicht fällt von meinen Schultern, als sich die tiefe Furche auf seinem Nasenrücken glättet und feine Lachfältchen beginnen, seine Augen zu umranden.

»Nun, mein Lieber, wir sind noch nicht ganz fertig.«

Das Lächeln, das nur Thujon lächeln kann und das mich immer an das eines schelmischen Jungen erinnert, hat wieder Besitz von ihm ergriffen.

Verwundert wende ich mich der Staffelei zu, nur um mich noch verwunderter wieder zu ihm herumzudrehen.

»Ich sehe nichts, das es noch zu verbessern gäbe, Thujon. Was ist denn an dem Bild noch nicht fertig?«, frage ich, aber da hat er unsere Finger bereits gelöst und ist aufgestanden.

Wie selbstverständlich beginnt er, das Fläschchen mit dem schwarzen Pigment zu entkorken und vermischt es auf der Palette mit Öl. Versonnen sehe ich den Bewegungen des Pinsels zu.

Erst nach mehrmaligem Prüfen gibt er sich mit der Konsistenz zufrieden und hält mir auffordernd Palette und Pinsel entgegen.

»Deine Signatur, werter Herr Maler. So machen große Künstler das doch, oder etwa nicht?«

Gespielt fragend legt er den Kopf schief, die freie Hand herausfordernd in die schmale Hüfte gestemmt, als wolle er mir auf dem Markt illegale Ware anbieten. Auch ich muss bei diesem Anblick lachen.

»Da hast du wohl recht.«

Entschlossen springe ich auf, dass der Stuhl nach hinten umfällt und laut polternd auf dem Boden aufschlägt, doch es kümmert mich nicht.

Das vertraute Gefühl des Pinsels in meiner Hand und das Wissen, dass mich nur noch meine Signatur davon trennt, ein weiteres Werk für die Ausstellung vollendet zu haben, ist berauschend.

Von hinten legt sich ein Arm um meine Taille, der andere wandert meinen Hals empor.

»Noël. Mein schöner Noël.«

Seine Hand fährt über meine erhitze Wange. Wie von Geisterhand wandert der Pinsel über die untere rechte Ecke der Leinwand, zeichnet verschlungene Linien.

Für einen Moment lasse ich meine Signatur auf mich

wirken, ehe ich mich zu ihm herumdrehe. Seine Hand streicht ein letztes Mal meine Wange entlang, ehe sie sich um meinen Nacken legt.

»Du bist noch viel schöner, wenn du lächelst.«

Seine Hand an meinen Hinterkopf drückt mich näher an sein Gesicht und ich lasse den Pinsel sinken. Trocken sind seine Lippen. Und genau wie seine Hand so unglaublich warm. Sanft gibt er mir einen Kuss auf die Stirn, verharrt in dieser Position und ich schließe die Augen. Seine Finger beginnen, mit meinen Haaren zu spielen.

Für einen Moment scheint die Welt den Atem angehalten zu haben und auch wenn ich weiß, dass dem nicht der Fall ist, so wünsche ich mir doch nichts mehr, als dass dieser Augenblick niemals vorübergehen möge.

Ich möchte dich festhalten, Thujon. Festhalten wie ein dummer Schuljunge all seine naiven Hoffnungen und Träume und sich danach sehnen, dass Kronos ein Einsehen mit uns hat.

Klappernd fällt der Pinsel auf die Dielenbretter. Meine Arme schlingen sich um seinen Hals.

»Mir gefällt das Malen mit dir«, haucht er gegen meine geöffneten Lippen und der feine Geruch nach Anis ist wieder da. Alles fühlt sich warm und leicht an in Thujons Armen.

Und ja … malen. Endlich kann ich wieder malen. Der Gedanke daran brennt mir nicht mehr wie Säure in der Kehle. Ich lehne mich entspannt ausatmend gegen die warme Brust. Spüre das sanfte Heben und Senken bei jedem Atemzug und seine Arme schlingen sich noch ein wenig fester um mich.

»Bist du glücklich?«, geistert Thujons weiche Stimme gegen meine Schläfen und zum ersten Mal, seitdem ich diese gottverdammte Stadt betreten habe, kann ich auf diese Frage ehrlich antworten:

»Ja, Thujon. Mit dir bin ich glücklich.«

Ich kann sein Lächeln spüren. Meine Nackenhaare stellen sich auf und mein Körper beginnt zu kribbeln.

»Ich auch.«

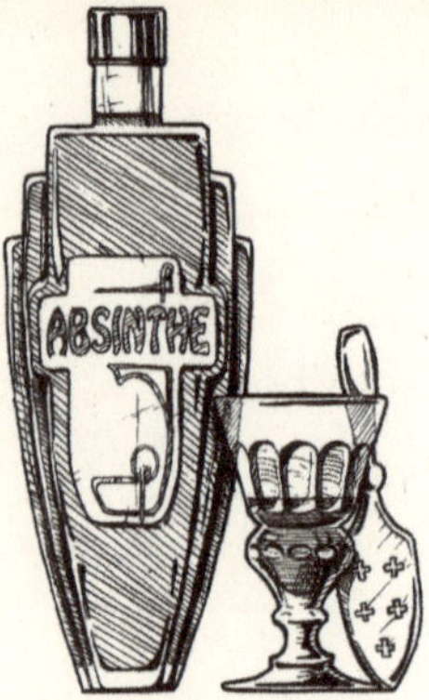

Kapitel 8

Das leise Kratzen des Kohlestäbchens ist das einzige Geräusch, das die Stille in meinem Atelier vertreibt. Es rauscht und krächzt in meinen Ohren und doch könnte ich mir kein schöneres Geräusch vorstellen. Nur dann und wann knarzt der altersschwache Hocker unter meinen Füßen, wenn ich mein Gewicht verlagere, um die Aussicht aus meinem Dachfenster noch ein bisschen besser genießen zu können.

Das sanfte Grau der Rauchsäulen verewigt sich langsam, aber stetig in einem silbrigen Schleier auf dem dünnen Zeichenpapier. Für einen kurzen Augenblick sehe ich von meiner Schraffur auf und das beruhigende Kratzen wird vom entfernten Dröhnen und Pfeifen der Eisenbahn übertönt. Ein leichtes Lächeln zerrt an meinen Mundwinkeln.

Abschätzend halte ich das dünne Papier gegen das Sonnenlicht, blicke abwechselnd zwischen der am Fuße des Montmartre gelegenen Stadt und meinem monochromen Kohleebenbild hin und her.

Ich kann einfach nicht anders, als bei diesem Vergleich zu lächeln.

Ohne mir schmeicheln zu wollen: eine Fotografie könnte kaum besser sein. Die kleinen Häuschen am Hügel, die Fabrikschlöte, der erhabene Bahnhof im Hintergrund. All das noch in Öl und es wird sich wunderbar in die Bilder für die Ausstellung einfügen. Ein sattes Schwarz für die wogenden Rauchschwaden des Zuges, ein leichtes Silber für die der Schornsteine und im Hintergrund eine untergehende Sonne in Orange und Magenta. Zufrieden lasse ich die Zeichnung wieder auf den kleinen Fenstersims sinken.

Sanft weht mir der laue Herbstwind ins Gesicht und ich schließe die Augen. Doch selbst mit geschlossenen Lidern tut sich die Landschaft auf meiner Netzhaut auf. Die bekannten Gerüche der kleinen Gasse unter meinem Fenster steigen zu mir empor. Ein seltsames, mir nach all den schrecklichen vergangenen Monaten kaum mehr bekanntes Gefühl der Ruhe und Zufriedenheit überkommt mich. Lullt mich ein wie ein altes Wiegenlied. Seit Jahren nicht mehr gehört, erkennt man es dennoch sofort wieder. Vertraut legt es sich über mich.

Es ist nicht die schiere Ekstase, wie beim Malen des ersten Bildes seit Monaten. Es ist ein stilles Genießen der eigenen Produktivität. Es lässt mir die Knie weich werden.

Langsam öffne ich die Augen wieder. Versonnen sehe ich der dunklen Metallschlange dabei zu, wie sie die Landschaft durchschneidet und dabei kontinuierlich pechschwarzen Ruß ausstößt.

Der Kelch, die Stadt mit Aussicht auf Kutter und Reusen verlassen zu müssen, scheint noch einmal an mir vorübergegangen zu sein.

Leise seufzend möchte ich gerade damit beginnen, die Rauchwolken noch etwas dunkler zu schraffieren, als mich die bekannte Stimme hinter mir innehalten lässt.

»Du bist sehr fleißig, wie ich sehe.«

Der Klang seiner Stimme lässt etwas in meinem Innern hüpfen.

»Das kann man wohl sagen«, entgegne ich vergnügt und kann mir das Grinsen nicht mehr verkneifen. Ich lege das Kohlestäbchen auf dem Sims ab und steige, ohne mich umzudrehen, von meinem Aussichtspunkt herab. In einer schwungvollen Drehung wirble ich herum und halte Thujon stolz die beinah fertige Skizze entgegen. Ich muss so sehr lächeln, dass es mir in den Mundwinkeln schmerzt. Sie müssen sich an diese ungewohnte Bewegung erst wieder gewöhnen.

Thujon schließt geräuschlos die Tür zum Atelier hinter sich und kommt mit langsamen Schritten auf mich zu. Er lässt das Papier vor meiner Brust dabei keine Sekunde aus den Augen und nimmt es mir aus den Händen, kaum ist er vor mir zum Stehen gekommen.

Ich zucke zusammen, als ich den Ausdruck auf seinem Gesicht bemerke.

»Stimmt etwas damit nicht?«

Ich lege leicht den Kopf schief, um durch den undurchdringlichen Wust an dunklen Locken einen besseren Blick auf sein Gesicht erhaschen zu können, doch es gelingt mir erst, als er sich die Haare in einer erratischen Geste hinter die Ohren streicht.

Die dunklen Augenbrauen haben sich zusammengezogen und seine hohe Stirn durchzieht eine tiefe Furche.

Ruckartig hebt er den Kopf und drückt mir das Papier zurück in die Hand, als würde er sich davor ekeln, es weiterhin in den Fingern zu halten.

Perplex starre ich hinab auf das zerknickte Blatt, das sich mit einem Mal fürchterlich fremd unter meinen Fingerkuppen anfühlt.

»Was ist denn los?«, frage ich irritiert und blicke abwechselnd zwischen ihm und der Skizze hin und her.

Er fährt sich mit einer schnellen Geste erneut durch die Haare und legt den Kopf in den Nacken, als müsse er nach Worten suchen.

»Welch schreckliche Motivwahl. Und zudem perspektivisch auch noch vollkommen missraten. Was ist denn nur über dich gekommen?«

Seine Worte sind wie ein Schlag in die Magengrube und im ersten Moment weiß ich nichts darauf zu antworten. Tonlos sehe ich dabei zu, wie er, ohne mich eines weiteren Blickes zu würdigen, an mir vorbeigeht, leichtfüßig auf den Hocker springt und das Deckenfenster geräuschvoll zuschnappen lässt.

Das Atelier ist binnen Sekunden so viel dunkler geworden.

Was genau geschieht hier?

Mühsam beginnt sich meine Zunge zu regen.

»Ich hatte einfach Lust, die Aussicht zu zeichnen. So lange schon blicke ich tagtäglich darauf hinab und irgendwie überkam es mich.«

Ich lächle verlegen ob meiner armseligen Erklärung für die Motivwahl und lege das Papier neben meine Ledermappe mit den Kohlestiften. Behutsam versuche ich, die dünnen Knicke glattzustreichen, auch wenn ich genau weiß, dass ich sie nicht mehr entfernen kann.

»Ich hoffe nicht, dass das die Skizze für eines deiner neuen Bilder werden sollte«, unterbricht mich Thujon in meinem Tun und wie erstarrt halte ich in der Bewegung inne.

»Mehr als Fingerübungen war das nicht.«

Fingerübungen?

Unweigerlich ziehen sich meine Augenbrauen in die Höhe, während ich mich skeptisch zu ihm herumdrehe.

»Wie meinst du das?«, hake ich vorsichtig nach und verschränke die Arme vor der Brust.

»Fingerübungen?«

Thujon lacht leise auf, ein so falsches und schiefes Lachen, dass es mich zusammenzucken lässt. Ein solches Lachen kenne ich von ihm gar nicht. Es lässt jegliche Wärme vermissen.

Er hat die Augen geschlossen und massiert sich mit Zeigefinger und Daumen den Nasenrücken. Wie ein Lehrer, der die Inkompetenz und Ignoranz seiner Schüler nicht mehr erträgt.

»Wie soll ich das schon meinen?«, entgegnet er matt, die Augen noch immer geschlossen. Sein Tonfall klingt weniger genervt als vielmehr gelangweilt. Als würde es ihn anöden, mit mir zu sprechen.

»Thujon, ich verstehe dich nicht, ich –«

»Sieh dir das doch an!«

In einer hektischen Bewegung reißt er den Kopf hoch, zerrt das Papier vom Tisch und schlägt mit der flachen Hand dagegen, sodass es nur noch mehr Knicke bekommt.

Wortlos sehe ich dabei zu. Wie seine Handfläche wieder und wieder auf den feinen Kohlenstaub trifft.

Mittlerweile ist die Zeichnung in der Mitte verschmiert und eingedrückt. Der Bahnhof ist kaum mehr als solcher zu erkennen.

»Die Perspektive ist gänzlich verpfuscht. Die Rauchsäulen sehen aus, als hätte ein Kleinkind sie dahingeschmiert. Die Motivwahl ist so was von uninteressant, dass man als Betrachter laut gähnen möchte! Was ist denn nur los mit dir?«

Abwartend stemmt er die Linke in die Hüfte, das Bild am oberen Rand fest in seiner Rechten verkrallt.

Bar jeder Emotion starren Augen in der Farbe verdreckter Jade auf mich herab.

Hilflos rucke ich mit den Schultern und widerstehe dem Drang, ihm die Skizze aus der Hand zu reißen, um sie vor weiteren Misshandlungen zu schützen.

In meinem Kopf dreht sich alles. Das fiese Pochen ist wieder da. Seit Tagen hat es mich in Ruhe gelassen, doch schwappt es nun in einer Intensität zurück in meinen Schädel, dass es sich anfühlt, als würde er jede Sekunde zerspringen.

Ich verstehe es nicht. Ich verstehe *ihn* nicht.

Warum verhält er sich so boshaft?

Hektisch huscht mein Blick über die Schraffur, doch ich entdecke seine aufgelisteten Fehler nicht.

An der Perspektive ist nichts auszusetzen. Der Fluchtpunkt ist korrekt, die Bildaufteilung folgt dem goldenen Schnitt.

Was zur Hölle will er denn noch?

All das möchte ich ihm am liebsten entgegenschleudern, doch habe ich das Gefühl, mein Mund wurde mit Leim verklebt.

Ich atme einmal tief ein und noch immer fühlen sich meine Lippen klebrig an.

»Das stimmt nicht«, flüstere ich hilflos.

Es krampft mir den Magen zusammen, ihn solche Dinge sagen zu hören.

Er blickt mich nur weiter schweigend an, doch kann ich an seinen verhärteten Zügen ablesen, wie es in ihm brodelt.

»Das stimmt einfach nicht, Thujon«, fahre ich etwas

lauter fort, gehe einen Schritt auf ihn zu und lege meine Hand auf seine Brust, während ich mit der anderen sanft die verwischten Linien nachfahre.

»Hier, siehst du … da ist der Fluchtpunkt. Das ist perspektivisch doch richtig. Da hinten habe ich ein bisschen geschludert, aber in Öl wird es –«

»Du willst dieses furchtbar langweilige Stillleben tatsächlich in Öl malen?«

Seine Worte schwappen hart und schwer über seine Lippen. Ich kann bei jedem Wort seinen gepressten Atem auf meinem Gesicht spüren. Er schaut fassungslos zu mir herunter, als hätte ich soeben einen schrecklich unangebrachten Scherz gemacht.

»Ich finde es schön«, murmele ich und will ihm das Bild aus den Fingern entwinden, doch Thujon kommt mir zuvor.

Das Geräusch zerreißender Fasern erinnert mich an den Klang berstender Knochen.

Bitte nicht!

Langsam fallen die Fetzen zu Boden. Vermischen sich mit den Staubflocken und den getrockneten Resten alter Farbe zu einem erbärmlichen Bodensatz.

Mein Blick folgt dem letzten kleinen Stück, wie es einer Schneeflocke gleich zu Boden schwebt und zu meinen Füßen liegen bleibt.

Wie betäubt gehe ich vor Thujon in die Knie und sammle die überall auf dem Boden verteilten Zellstofffetzen ein.

Meine Lider blinzeln hektisch. Meine Wangen glühen.

Nicht weinen … jetzt nicht weinen, Noël.

»Warum hast du das gemacht?«, höre ich meine heisere Stimme fragen, während ich die verstreuten Reste der

Skizze zusammenraffe und einen aussichtlosen Kampf gegen die aufkommenden Tränen kämpfe.

»Warum hast du diese Aussicht gezeichnet?«, entgegnet er barsch und zieht übertrieben fragend die Schultern hoch.

»Weil mir die Aussicht gefällt.«

Wütend stehe ich mit zwei Händen voll Papierfetzen auf und funkle ihn an.

»Ich finde sie sogar wunderschön und ich werde sie als Motiv für mein nächstes Bild nehmen. Ob es dir nun gefällt oder nicht.«

Tiefgrüne Augen starren mich an. Mit einer Kälte, die ich niemals für möglich gehalten hätte.

Er schnaubt verächtlich durch die Nase.

»Wozu willst du dann überhaupt meine Hilfe, wenn du sie eh nicht annimmst?«

Seine sonst so weiche Stimme ist schneidend geworden. Nicht lauter. Nur schärfer.

»Ich habe doch gar nicht gesagt, dass ich deine Hilfe nicht will.«

Betreten blicke ich auf meine bebenden Fäuste. Warum ist er so wütend auf mich?

»Doch Hilfe ist etwas anderes als Bevormunden. Es sind schließlich immer noch meine Bilder, Thujon. Nicht deine.«

Mir tun die Worte weh. Ich will so nicht mit ihm reden, doch ich weiß nicht, wie er es sonst begreifen soll.

»Ich … ich will nicht undankbar klingen«, setze ich hastig nach, doch Thujon scheint es kaum mehr zu hören.

Seine Lippen sind so fest aufeinandergepresst, dass sie nur noch eine feine, dunkle Linie bilden, die sein ebenmäßiges Gesicht durchschneidet.

»Wenn das dabei herauskommt, wenn du selbst die Motivauswahl triffst, dann wundert es mich nicht, dass du jahrelang nichts Vernünftiges hast malen können«, spucken die zu einem Schlitz aufeinandergepressten Lippen reines Gift heraus.

Mir wird kalt.

Wortlos wende ich mich zum Tisch und lege achtsam die Papierfetzen auf die Platte. Meine Lippen zittern. Nein, nicht nur meine Lippen. Mein ganzer Körper hat zu zittern begonnen und selbst das immer schmerzhafter werdende Blinzeln kann die Tränen nun nicht mehr zurückhalten.

»Warum sagst du das?«

Die Fetzen beginnen zu verschwimmen. Werden immer unschärfer. Tränen tropfen auf die Tischplatte und meine bebenden Fäuste.

Thujon regt sich hinter mir, ich höre das Rascheln von Stoff und schwere Schritte auf den unebenen Dielenbrettern. Ich muss mich nicht umdrehen, um zu wissen, dass er direkt hinter mir steht.

„Vielleicht solltest du in meiner Abwesenheit überhaupt nicht mehr malen."

Ich fahre herum und pralle gegen seine Brust. Mit dem gesamten Gewicht seines Körpers drängt er mich zurück gegen den Tisch. Hart presst sich die Kante gegen mein Steißbein, während eiskalte Finger nach meinem Handgelenk greifen und es an seine Brust zerren.

»Haben wir uns da verstanden?«

Seine Worte machen mir weniger Angst als der Ausdruck in seinen Augen und die ätzende Schärfe seiner Stimme. Es ist, als würde ein jedes Wort durch mein Fleisch und meine Knochen schneiden.

Mein Handgelenk knackt. Selbst das harte Beißen auf meine Unterlippe kann den ziehenden Schmerz nicht übertünchen, als sich sein Daumen zwischen Elle und Speiche bohrt.

»Haben wir uns verstanden?«

Seine Worte sind nur noch ein tonloses Zischen.

Es fühlt sich an, als würden sich die Knochen und Sehnen in meinem Handgelenk verschieben. Der metallische, brechreizerregende Geschmack von Blut erfüllt meinen Mund.

Entschlossen schüttle ich mit dem Kopf. Erst langsam, dann immer schneller. Der schraubstockartige Griff wird unerträglich.

»Nein, Thujon. Und jetzt geh! Bitte!«

Mit einem Mal wird die Welt um mich herum in Schwarz getaucht. Eine seltsame, bleierne Schwärze. Die Welt beginnt sich wie aus den Fugen geraten zu drehen und zu verschwimmen. Hart schlägt mein Kopf gegen die Tischplatte, der eiserne Griff um mein Handgelenk lässt erst los, da Thujon mir beinah die Schulter verdreht. Doch es tut mir nicht weh. Alle Gefühle sind wie betäubt, bis auf den pochenden Schmerz an meiner Wange, der mir bis hoch in den Scheitel zieht.

Unter lautem Poltern reiße ich den Tisch mit mir zu Boden und lande hart auf den Dielenbrettern, dass es mir sämtliche Luft aus den Lungenflügeln presst.

Die weißen Papierfetzen fallen wieder wie verblasster Schnee.

Die Welt dreht sich.

Überall Schneeflocken in der Dunkelheit. Wie damals, als Kind auf dem Rücken eines Holzpferdes, das sich zur leiernden Melodie einer Drehorgel immer rund und rund im Kreis drehte. Alles dreht sich immer schneller und schneller. Ätzend kriecht mir mein Mageninhalt die Kehle hinauf und benommen registriere ich ein Paar dunkel gekleideter Beine, die sich einen Weg in mein Blickfeld gebahnt haben.

Thujon hat seine ausgestreckte Hand noch immer drohend erhoben.

Wie paralysiert starre ich auf seine Hand. Diese sonst so warme Hand mit den feinen Fingerknochen. Vorsichtig fahre ich mit eiskalten Fingern über meine glühende Wange, kann unter den Kuppen spüren, wie sie langsam anschwillt. Bei der kleinsten Berührung brennt sie fürchterlich und der Schmerz zuckt wie Blitze durch meinen Schädel.

Warum? Ich kann es nicht fassen, nicht begreifen, was gerade geschehen ist.

Mit zitternden Knien versuche ich mich aufzurichten, scheitere jedoch kläglich und sacke in mich zusammen.

Er sieht mich nicht an. Sieht an mir vorbei auf den Boden mit dem zerstreuten Papierschnee. Unendlich langsam lässt er seine Hand sinken.

Weit aufgerissene, grüne Tiefen. Sein Gesicht ist nichts mehr als eine verzerrte Fratze.

Der Affekt legt sich langsam.

»Noël«, wispert er, seine Stimme hoch und erschreckend schrill. »Noël, mein lieber Noël!«

Panisch fällt er vor mir auf die Knie und zieht mich in eine Umarmung, die mich viel zu eng und viel zu fest an seine Brust presst.

Ich lasse ihn gewähren.

»Es tut mir leid.«

Er vergräbt sein Gesicht in meiner Halsbeuge, seine Finger verkrallen sich schmerzhaft in meinen Haaren.

»Es tut mir so leid. So leid, so schrecklich leid.«

Heiß perlen seine Worte gegen meine brennende Wange, federleichte Küsse werden auf meine Stirn, mein Haar gedrückt. Wieder und wieder und wieder.

Die Umarmung wird so fest, dass sie kaum noch auszuhalten ist. Ich kann sein Herz hart gegen seinen Brustkorb hämmern hören, als wolle es seine Rippen sprengen.

Das Pochen frisst sich wie Säure in mein Hirn.

»Vergib mir«, flüstert er mit sich überschlagender Stimme, als er die Umarmung ein wenig löst. »Ich weiß nicht, was über mich gekommen ist.«

Tiefgrüne Augen starren mich an, Tränen laufen seine blassen Wangen hinab, ehe er mein Gesicht in seine Hände nimmt und seine Lippen auf die meinen presst. Er haucht dabei wieder und wieder »Vergib mir« gegen sie.

»Vergib mir. *Bitte.*«

Seine Stimme klingt so hoch und flehentlich wie die eines verletzten Kindes. Er wiegt mich in seinen Armen hin und her, als wolle er sich selbst damit beruhigen. Ich starre an ihm vorbei auf den Boden. Der marodierende Dämon ist fort. Verschwunden. Er hat nichts weiter zurückgelassen, als einen verletzten Jungen, dessen gesamter Körper erschüttert wird von den Schluchzern, die er so verzweifelt zurückzuhalten versucht. Sein schmaler Körper wippt uns beständig leicht vor und zurück.

Vor und zurück.

Wieder und wieder und wieder.

Mein armer Thujon.

Ich nicke stumm.

Kapitel 9

Es dröhnt und wummert hinter meinen Schläfen. Bei jeder noch so kleinen Bewegung arbeitet sich ein widerliches, rhythmisches Pulsieren mit beständig ansteigender Intensität in meine malträtierten Gehirnwindungen vor. Mit jedem weiteren Pinselstrich wird es schlimmer und schlimmer.

Ich atme tief aus und lasse die Ursache meiner Qualen sinken, trete einen Schritt zurück und betrachte widerwillig die sich auftuende Landschaft auf der Leinwand.

Sie beginnt zu wackeln und zu verschwimmen.

Hektisch reibe ich mir mit der freien Hand über die Augen und kneife sie mehrfach fest zusammen. Zwischen flattrigen Lidschlägen hindurch erkenne ich die bunte Fläche: die Hügel in der Ferne, der halbfertige Himmel, die einfahrende Eisenbahn.

Der widerliche Geschmack nach Galle in meinem Rachen will einfach nicht verschwinden.

Es gefällt mir nicht.

Je länger ich es betrachte, desto weniger gefällt es mir. Stockend sinkt die noch immer erhobene Hand, die den Pinsel eisern umklammert hält. Mit jedem weiteren Augenaufschlag wird das Gefühl in meinem Hals brennender und die Angst immer größer.

Das dumpfe Wummern wird schlimmer. Schwer und

hohl höre ich meinen eigenen Herzschlag in meinen Ohren pulsieren.

Es macht mich wahnsinnig!

Und mit jedem weiteren Herzschlag schleicht sich mehr und mehr ein einziger Gedanke in meinen Geist.

Er hatte recht. Er hatte recht. Er hatte recht.

Das Bild ist verpfuscht. Verpfuscht. Verpfuscht.

In einer perversen Endlosschleife drehen sich die Worte in meinem Kopf, perfekt abgestimmt auf den Rhythmus meines stetig schneller werdenden Herzschlags.

Thujon hatte von Anfang an recht mit seinem Einwand, dass sich dieses Motiv nicht für ein Ölbild eignet.

Thujon.

Allein der Gedanke an ihn lässt mich zusammenzucken. Noch immer brennt meine Wange. Selbst bei der kleinsten Berührung. Ich muss mich mit aller Macht zwingen, den Gedanken an Thujon so schnell wie möglich beiseitezuschieben.

Ich starre das Bild an. Jetzt ist nichts weiter mehr wichtig als dieses Bild.

Grüne Hügel in der Ferne.

Sie haben fast dasselbe Grün wie seine Augen.

»Herrgott noch mal!«, schreie ich und fahre herum, um das Bild nicht mehr sehen zu müssen.

Warum nur funktioniert es nicht?

Das fiese Pochen meiner Wange scheint bei jedem weiteren Gedanken an ihn schlimmer zu werden, bis sich meine komplette linke Gesichtshälfte unsagbar heiß und geschwollen anfühlt.

Erschöpft stelle ich den Pinsel in das Wasserglas auf dem wieder aufrechtstehenden Tisch. Nur ein paar Schrammen sind geblieben, sie sind jedoch gut verdeckt von dem erbärmlichen Haufen kleiner, mühsam zusammengeraffter Papierstückchen. Ich *kann* an dem Bild so wie es ist jetzt nicht weitermalen. Noch ein einziger Pinselstrich auf dieser grauenvollen Landschaft und ich möchte das Bild nur noch mit einem einzigen Hieb meines Malmessers zerfetzen.

Das Malwasser verfärbt sich in dünnen Schlieren dunkelblau. Lustlos beschließe ich, wenigstens etwas Sinnvolles zu tun und die Farben und Pinsel auf dem windschiefen Regal neben dem Tisch zu ordnen. Fahrig huschen meine Finger über die Pulverfläschchen mit den unterschiedlichsten Pigmenten, pfropfen hier und dort einen Korken fester und vertauschen ohne Sinn und Verstand die Reihenfolge.

Doch selbst bei dieser profanen Tätigkeit schleicht sich eine Erinnerung wieder zurück in meinen Geist. Nistet sich dort ein und setzt sich fest wie Ungeziefer.

Thujons weinendes Gesicht.

Siedend heiße Tränen, die seine Wangen hinabliefen und gar nicht mehr verebben mochten und der panische Griff, mit dem er mich an seine Brust presste, wie ein Ertrinkender ein Rettung versprechendes Stück Treibholz.

Hektisch kneife ich die Augen zusammen, doch wie bei einer Laterna Magica hat sich dieses Bild auf meiner Netzhaut eingebrannt und wird mir wieder und wieder und wieder als verzerrter Abzug präsentiert.

Es hat ihm leidgetan, schließe ich nach dem dritten oder vierten Mal des Revuepassierens. So unglaublich leid. Und ich habe ihm vergeben. Natürlich habe ich ihm vergeben. Ein prüfender Blick über die Schulter zu dem bunten Bild auf der Staffelei.

Wie immer hatte Thujon recht.

Die letzten Flaschen sind verkorkt und nach Farben sortiert auf dem Regalbrett angeordnet. Mit einer gewissen inneren Genugtuung betrachte ich mein Werk, schrecke jedoch abrupt durch das laute Zuschlagen der Haustür im Erdgeschoss hoch.

Es dauert einen Moment und die Haustür ist erneut zu hören. Poltern hallt durch das alte Treppenhaus, wird lauter und lauter, ehe mir das elendige Knarren der Dielen direkt vor meiner Wohnungstür zu verstehen gibt, dass es sich wohl oder übel um Besuch für mich handeln muss. Ein lautes Klopfen bestätigt meine Annahme wenige Sekunden später.

Für einen winzigen Augenblick keimt Hoffnung in mir auf.

»Thujon?«, wispere ich heiser und will schon zur Tür hechten, als mein Wunsch im Keim erstickt wird.

»Noël?«, zirpt eine hohe Stimme und schon drängt sich der blonde Lockenschopf von Madeleine durch den Türspalt.

Unter lautem Quietschen der Angel drückt sie die Tür zur Gänze auf und zieht sich im selben Atemzug den Schal enger um ihre Schultern, als sie den kleinen Raum betritt und kritisch zu den weit aufgerissenen Fenstern blickt.

Erst jetzt bemerke ich die Gänsehaut auf meinen Unterarmen.

»Guten Morgen, Madeleine. Was gibt's?«, frage ich unumwunden und gehe mit zwei großen Schritten auf sie zu. Madeleine wendet ihren Blick von der Fensterfront ab und lässt ihn neugierig über das Chaos gleiten, bis er schließlich an der Staffelei hängen bleibt.

»Fleißig, wie ich sehe«, übergeht sie meine Frage und bleibt mit interessiertem Blick vor der Leinwand stehen.

Trotz des eng um ihre Schultern geschlungenen Schals quellen ihre Brüste aus dem eng geschnürten Dekolletee, als sie die Arme vor der Brust verschränkt. Ohne es zu wollen, merke ich, wie sich meine Mundwinkel verziehen. Madeleine legt stets besonderen Wert darauf, *Modell* zu sein. Doch ein jedes Kind in Montmartre weiß, was sie in den Ateliers der unzähligen abgebrannten Maler wirklich tut.

Auch ich war keine Ausnahme, als ich an meinem ersten Abend in meiner neuen Bleibe ahnungslos die Tür öffnete und mir eine Wolke aus viel zu süßem Parfum entgegenschlug. Ohne sich vorzustellen, hatte es sich Madeleine auf meiner Couch gemütlich gemacht und mich erwartungsfroh angesehen. Zu ihrem Leidwesen verfüge ich jedoch kaum über die finanziellen Mittel, sie für ihre Dienste zu bezahlen. Nach einer der Höflichkeit geschuldeten Tasse sehr schlechten Kaffees hatte Madeleine mein Atelier so schnell und grußlos wieder verlassen, wie sie es zehn Minuten zuvor betreten hatte. Seitdem haben wir kein Wort mehr miteinander gewechselt, auch wenn ihre Anwesenheit in diesem Haus infolge ihres lauten Wesens mehr als nur deutlich vernehmbar ist.

»Was möchtest du?«, frage ich, diesmal eine Spur gereizter, und trete neben sie. Sie sieht mich von unten herauf an, die Augen umringt von einem Netz aus tief in die Haut eingegrabenen Falten. Vor zehn Jahren muss sie einmal schön gewesen sein.

Sie streicht sich mit der Linken die blonden Haare hinter die Ohren und lächelt ein Lächeln, das sie wohl für kokett hält.

»Ach mein Hübscher, wenn du nicht so ein elendiger Griesgram und so hoffnungslos abgebrannt wärst …«

Ihre Finger wühlen in der Tasche ihres Rocks und fördern einen leicht zerknickten Umschlag zutage.

»Der ist soeben für dich angekommen.«

Sie hält den Umschlag zwischen Mittel- und Zeigefinger geklemmt hoch. »Es ist so selten, dass du Post bekommst, dass der Briefträger sich noch nicht einmal sicher war, ob du überhaupt hier wohnst.«

Sie reicht mir den Umschlag herüber. Unschlüssig drehe ich ihn um und mir krampft sich der Magen zusammen.

»Von deiner Geliebten?«, frotzelt sie, verstummt jedoch, als ich sie giftig über den Rand des Kuverts hinweg anfunkele.

Sie zuckt unbeeindruckt mit den Schultern.

»Anscheinend nicht. Na, wie dem auch sei.«

Sie schickt sich an zu gehen. »Ein schönes Bild übrigens«, wirft sie mir noch über die Schulter hinweg zu, als sie schon im Begriff ist, die Tür hinter sich ins Schloss zu ziehen. »Eins der besten, das ich seit Langem gesehen habe. Mir war gar nicht klar, dass wir aus dieser Kaschemme eine solche Aussicht haben.«

Ihr blonder Schopf vollführt ein abgehacktes Rucken Richtung Fenster.

Mit leisem Klacken schließt sich die Tür hinter ihr. Ihre Schritte hallen im Treppenhaus wider und lassen mich in einer bleischweren Stille zurück.

Unschlüssig drehe ich den Umschlag mehrmals in meinen Händen hin und her. Feinsäuberlich steht meine Adresse auf der Vorderseite. In der akkuraten, jedoch immer fürchterlich angestrengt aussehenden Handschrift meiner Mutter. Ohne weiter darüber nachzudenken, gehe ich zu dem Papierstapel in der hintersten Ecke meines

Ateliers und fördere nach einigem Kramen das gerahmte Bild meiner Eltern zutage. Das Dorf in der Bretagne. An einem brütend heißen Sommertag. Es sieht noch immer genauso schrecklich aus, wie ich es in Erinnerung hatte, und nach wie vor ist es ein beklemmendes Gefühl, dieses Bild zu betrachten. Es ist kein Heimweh. Sacht fahre ich mit meiner Fingerspitze die Kontur der weißen Haare meiner Mutter nach. Es ist eher eine Art dumpfes Schuldgefühl, sie möglicherweise für nichts als einen dummen Jungentraum zurückgelassen zu haben.

Meine Fingerkuppe zuckt von der kalten Glasoberfläche zurück. Hektisch begrabe ich die Fotografie unter einem schützenden Berg aus unbezahlten Rechnungen und Mahnungen.

Ich weiß, dass ich ihnen schreiben sollte. Doch ich finde nicht mehr den Mut dazu. Auf all die Anfragen meiner Mutter antwortete ich zunächst optimistisch, später jedoch immer ausweichender und schließlich gar nicht mehr. Mittlerweile müsste ich schlichtweg lügen, um über die Begrüßungsfloskeln hinauszukommen.

Wie zur Sicherheit, dass es auch wirklich begraben ist, drücke ich den Papierstapel auf dem Bilderrahmen noch ein wenig fester, ehe ich erneut nach dem Brief greife.

Für einen kurzen Augenblick halte ich inne, habe die Finger bereits am Rande des Umschlags platziert, um ihn aufzureißen, schrecke jedoch im letzten Augenblick davor zurück.

Kopfschüttelnd werfe ich auch ihn auf den Stapel.

Nach der Ausstellung.

Ich werde ihnen nach der Ausstellung schreiben.

Ganz bestimmt.

Meine Knie knacken wie brechendes Geäst, als ich mich

von dem Stapel der Schande erhebe und schuldbewusst ein weiteres Mal der Staffelei zuwende.

»Ein schönes Bild übrigens«, murmele ich und kneife die Augen so weit zusammen, bis ich das Bild gerade eben noch ausmachen kann.

Und dann sehe ich es.

Der Himmel ist zu dunkel.

Eiskalte Finger ziehen das Fläschchen Bleiweiß aus dem Regal, fischen den Pinsel aus dem mittlerweile trüben Malwasser, das von der schwungvollen Bewegung gefährlich ins Wanken gerät, und beginnen die bereits leicht getrocknete blaue Farbe auf der Palette mit dem weißen Pulver zu vermischen.

Vorsichtig beginnen meine Finger die Wolken des Himmels auf das Leinen zu tupfen. Minutiös folgen sie den feinen Kohlelinien der Vorzeichnung. Die Skizze mag vielleicht nicht mehr existieren, aber das Bild … ich lächle.

Das Bild existiert in meinem Kopf.

Bedacht tupfen die fleißigen Finger weiter. Es ist eine monotone Tätigkeit. Monoton, aber so unsagbar beruhigend. Das Durcheinander in meinem Kopf, das Dröhnen und Wummern, es legt sich langsam.

Der beißende Geruch der Ölfarbe und der stechende Gestank des Bleiweiß brennen mir in der Nase. Ganz leicht beginnt sich die Welt um mich herum zu drehen und wie die weißen Farbkleckse auf der Leinwand zu verwischen, doch ist es kein unangenehmes Gefühl. Die Erinnerung an Thujon, die traurigen grünen Augen und der pochende Schmerz an meiner Wange – all das verblasst langsam. Im Moment ist nichts weiter mehr wichtig als die weißblauen Tupfen auf meiner Leinwand. Hektisch angeln die Finger nach dem kleinen Schwämmchen auf der Ablage und beginnen die vielen kleinen Farbflecke zu einem riesigen Wolkengebilde zu verblenden.

Weiß und hell.

»Oho, seit wann hast du denn die Landschaftsmalerei für dich entdeckt, mein Lieber?«

Mir fällt vor Schreck fast der Schwamm aus der Hand.

Verdattert sehe ich von den weißen Wolkenbergen auf meiner Leinwand auf und erblicke Toulouse. Wie er mit einem dünnen Lächeln im Türrahmen steht und mich mit einem Ausdruck der Verwunderung mustert. Er ist nicht außer Atem. Wie lange steht er denn schon dort?

»Darf ich reinkommen?«, fragt er und schließt bereits die Tür hinter sich.

»Du weißt, dass man auf eine solche Frage auch mit einem ›nein‹ antworten kann?«, murmele ich und lasse den nur mit Müh und Not gefangenen Schwamm auf die Ablage sinken. In Ermangelung eines Lappens wische ich mir die Hände an meinem Hemd ab.

»Ist das eines der Werke für François?«, übergeht Toulouse elegant meinen Einwand und stellt sich mit einigen Metern Abstand vor die Staffelei. Sein Blick huscht konzentriert über die bunte Fläche, während seine wulstigen Finger sein Kinn umklammert halten.

»Da bin ich mir noch nicht sicher«, gebe ich ihm meine ehrliche Antwort und geselle mich neben ihn, um mit einigem Abstand ebenfalls einen Blick auf den Fortschritt der letzten – ja was eigentlich? Minuten? Stunden? – zu werfen.

»Weshalb nicht?«

Die dicken Finger reiben weiterhin sein Kinn. Er scheint dies nicht zu bemerken.

»Mir war der Himmel zu dunkel, darum habe ich die Wolken aufgehellt.«

»Das sehe ich, was dir auch sehr gut gelungen ist. Daran kann es ja dann wohl nicht mehr liegen. Also weshalb bist du dir nicht sicher, ob du dieses Bild für die Ausstellung nehmen möchtest?«

Ich kann seine inquisitorischen Blicke auf mir spüren, doch halte ich meine Augen starr nach vorne auf mein Werk gerichtet.

»Weil mir jemand gesagt hat, dass es nicht gut sei.«

Er schnaubt verächtlich.

»Wer hat dir das gesagt?«

»Ist das wichtig?«, frage ich resigniert und wende mich zu ihm um. Toulouse lächelt.

»Nein. Es ist überhaupt nicht wichtig. Wichtig ist nur, was du von dem Bild hältst. Gefällt es dir und möchtest *du* es in der Ausstellung zeigen?«

Beim Klang seiner Worte zucke ich zusammen.

Die Wolkenberge türmen sich wie weiße Gebirge auf. Die Landschaft wirkt durch sie leuchtend und hell.

Entschieden nicke ich mit dem Kopf. Erst langsam, dann immer heftiger.

Ja, verdammt! Ja, ich *will* dieses Bild in der Ausstellung zeigen!

»Siehst du. Da hast du deine Antwort«, durchbricht Toulouse meine Gedanken und verfällt in ein amüsiertes Glucksen.

»Aber belassen wir es nun bei den Kunststudien, um zum eigentlichen Grund meines Besuchs zu kommen.«

Ich höre es neben mir rascheln und ehe ich es mich versehen kann, erscheinen zwei feuerrote Kärtchen mit goldener Prägung aus seiner Jacketttasche.

»Hättest du vielleicht Lust, mich heute Abend ins *Montagnes Russes* zu begleiten?«

»*Montagnes Russes?*«, echoe ich matt und schlage überrascht die Augen auf. Der Name sagt mir etwas, aber ich brauche einen Augenblick, um mich an die Zusammenhänge zu erinnern.

»Ist das nicht Zidlers neue Music Hall?«, frage ich vorsichtig nach. Toulouse nickt und lächelt, doch erreicht es diesmal nicht seine Augen. Bilde ich mir das ein, oder wirkt mein Freund mit einem Mal bedrückt?

»Genau. Zidler und Oller haben Monate damit zugebracht, dieses abgehalfterte Theater am *Boulevard des Capucines* zu modernisieren. Wie du siehst, habe ich Freikarten und könnte ein wenig Gesellschaft vertragen.«

Skeptisch ob dieser eigenartigen Einladung stemme ich die Hände in die Hüften.

»Du hast doch normalerweise stets eine ganze Entourage an Begleitern zur Hand. Was ist mit ihnen geschehen? Allesamt abgebrannt oder verhindert?«, frage ich ein wenig spöttischer klingend als beabsichtigt. Die immer weiter aufkeimende Skepsis kriecht wie widerliches, kleines Getier meinen Nacken hinauf. Doch allem voran bin ich verwundert.

Toulouse allerdings scheint sich sowohl an meinem Spott als auch an meiner Verwunderung nicht zu stören, er braucht lediglich einen Moment länger als sonst, um zu antworten.

»Das *Montagnes Russes* ist nicht unbedingt etwas für jeden«, entgegnet er ein wenig ausweichend. »Vielen meiner Freunde sagt es nicht zu. Aber ich glaube, dass es dir durchaus gefallen könnte.«

»Und wie kommst du zu dieser Einschätzung?«, hake ich nach und blicke gespannt zu dem kleinen Mann hinüber, der sich für einen kurzen Augenblick sichtlich windet, ehe er die richtigen Worte für eine halbwegs versöhnliche Antwort in seinem Kopf vorsortiert hat.

»Sagen wir es so, mein Bester: Du stellst unter meinen Freunden, was die Wahl des Amüsements anbelangt, definitiv eine Ausnahme dar. – Was nichts Schlechtes heißen muss!«, setzt er hastig nach, als er meine hochgezogenen Augenbrauen bemerkt.

So, so, ich bin also die große Ausnahme. Ich nicke bedächtig.

»Wird Louise auch dort sein?«

Erneut schweigt Toulouse einen Moment zu lang. Seine Finger beginnen die Enden seines Bartes zu zwirbeln.

»Louise und Valentin sind die Stargäste des Abends.«

Meine Mundwinkel verziehen sich zu einem schiefen Lächeln.

»Und du brauchst mich als moralische Unterstützung, um Valentin, dem verdammten knochenlosen Mistkerl, nicht sämtliche Knochen im Leib zu brechen?«

Toulouse sieht mich für einen Herzschlag fassungslos über die Ränder seiner Brille hinweg an, ehe er in ein heiseres Lachen ausbricht, dem auch ich mich nicht erwehren kann. Hoch und grell wird unser Lachen von den Wänden zurückgeworfen und ich kann mich nicht mehr daran erinnern, wann dieser kleine Raum das letzte Mal von Lachen erfüllt war. Es tut gut, endlich einmal wieder zu lachen, auch wenn mir der brennende Schmerz in meiner Wange bis hoch in den Schädel zieht.

»Weißt du was, mein Lieber?«, entkommt es meiner Kehle, als würde diese ein Eigenleben führen.

Beschwingt gehe ich hinüber zur Staffelei, setze mit dem noch bleiweißbeladenen Pinsel in einem einzigen Zug meine Signatur in die untere rechte Ecke des Bildes und klemme mir zufrieden mein Utensil hinter das Ohr, ehe ich Toulouse zufrieden angrinse.

»Ich habe wirklich Lust, mich zu vergnügen. Wie du siehst, habe ich etwas zu feiern. Ich komme mit.«

Es ist einer dieser äußerst seltenen Momente, in denen selbst einem Henri de Toulouse-Lautrec die Worte fehlen. Er blinzelt kurz hinter den Gläsern seiner Brille, hatte er sich innerlich doch mit Sicherheit auf eine langwierige, zähe Diskussion und allerhand Überzeugungsarbeit eingestellt.

Er fährt sich durch den Bart, dessen Enden vergnügt zucken. »Wunderbar, mein Freund!«

In dem Netz aus feinen Linien um seine Augen glitzern kleine Lachtränen.

»Dann sehen wir uns heute Abend im *Montagnes Russes.*«

Ich lächle.

»Ja, Toulouse. Ja, das tun wir.«

Kapitel 10

Die bunten Lämpchen surren monoton über unseren Köpfen am *Boulevard de Capucines*. Fest pressen meine kalten Finger den Zylinder auf meinen Kopf, den ich in den Nacken lege, um an der Fassade hinaufblicken zu können. Auf beklemmende Weise fühle ich mich beim Anblick der Music Hall an meinen Abend im *Moulin Rouge* erinnert. Und diese Erinnerung vermag mir gar nicht zu gefallen. Die hohe, gotisch anmutende Fassade ist versehen mit überlebensgroßen Lettern, allesamt – genau wie die Räder der berühmten Mühle – flammend rot und elektrifiziert. In eleganten Serifen, die an die namensgebende Achterbahn erinnern sollen, prangt der Schriftzug des *Montagnes Russes* über dem Eingangsportal der Music Hall.

»Du siehst wunderbar aus, mein Bester«, tönt Toulouses Stimme zu mir hoch.

Eine kleine Hand klopft mir aufmunternd auf meinen unteren Rücken und ich lasse den Kopf sinken.

»Erneut nur dank der Leihgaben deines Freundes«, entgegne ich matt und widerstehe dem innerlichen Drang, zum zehnten Mal unter meinem Jackett zu prüfen, ob das geliehene Hemd auch wirklich keine Rostflecken aufweist. Toulouse grinst nur wissend und schiebt mich mit sanfter Gewalt weiter den Menschenstrom entlang.

Wie nicht anders zu erwarten, ist es brechend voll. Und

wie damals prangt das Antlitz von Louise in zigfacher Ausführung an den Wänden, wie sie in wallenden roten Röcken mit Valentin, dem Knochenlosen, tanzt.

Etwas an den sehr bunten Bildern stört mich.

Louise ist wunderbar getroffen. Die Farben von hoher Qualität, der Druck ebenso.

Was stimmt denn nur nicht? Ich brauche einige Sekunden des intensiven Starrens, um zu verstehen, was es ist, das nicht so recht passen mag.

Ich blinzle mehrfach und dann sehe ich es.

Das Bild wurde nicht von Toulouse gemalt.

Irritiert wende ich mich von den vielen Abstufungen der Farbe Rot ab und blicke herab zu meinem Freund, der neben mir an seinen viel zu steifen Vatermördern herumnestelt und sein Bestes gibt, die unzähligen Bilder seiner Louise zu ignorieren.

Die Menschentraube schiebt uns weiter und wir lassen uns mitziehen wie angeschwemmtes Treibgut von der einsetzenden Flut.

Als wir endlich das hell erleuchtete Kassenhäuschen erreichen, begrüßt uns kein mürrischer Jaques, sondern ein aufgekratzt wirkendes, junges Mädchen in einer dunkelroten Pagenuniform.

»Ihre Tickets bitte, Messieurs«, flötet sie in den höchsten Tönen und streicht sich einmal zu viel die blonden Locken unter dem schlecht sitzenden Pagenhütchen zurecht.

Toulouse schlängelt sich an mir vorbei zum Schalter und hält dem Mädchen unsere Karten entgegen.

Ihr überdrehtes Grinsen wird noch breiter.

»Monsieur Toulouse, welch Freude, Sie hier zu sehen!«

Das Flöten geht über in ein Zwitschern und mit versierten Griffen reißt sie die perforierten Streifen der Karten ab. »Aber Sie hätten doch gar nicht anstehen müssen. Ihre Karten berechtigen Sie zum Besuch der obersten Loge, dafür steht Ihnen ein Extraeingang zur –«

»Ich weiß, Liebes. Ich weiß«, wiegelt Toulouse sie mit einer beinah schon schnippisch anmutenden Bewegung seines Capes ab und langt durch das kleine Fenster nach den Karten.

»Mir war heute nicht danach.«

Das blonde Mädchen nickt nur irritiert, das Lächeln starr, ehe sie erneut ihr Hütchen geraderückt und sich dem nächsten Kunden zuwendet. Toulouses behandschuhte Hände umklammern die Karten.

»Habe ich das richtig verstanden, Toulouse?«, zische ich, während wir immer weiter und weiter wie Vieh zur Schlachtbank einen dunklen Gang hinabgetrieben werden.

»Wir hätten uns all das hier schenken können, aber du hattest keine Lust darauf?«

Meine Hände wollen eine ausladende Geste vollführen, kommen allerdings nicht weit. Wir sind von allen Seiten eingekeilt zwischen Anzügen, steifen Zylindern und noch steiferen Vatermördern.

Der kleine Mann neben mir schnaubt verächtlich durch die Nase.

»Mein lieber Noël. Dafür, dass ich dich zu dieser Veranstaltung eingeladen habe, legst du ganz schön hohe Maßstäbe an den Tag.«

Die roten Karten zerknüllen mehr und mehr in Toulouses verkrampfter Faust.

»Das war nicht meine Absicht, verzeih«, lenke ich betreten ein und endlich, *endlich* treten wir aus dem Dunkel des langen Flurs hinaus in den hell erleuchteten Innenraum der Music Hall, als habe uns die Dunkelheit gefressen und wieder ausgespuckt.

Das Parquet schwappt bereits vor Menschen über, an den vielen Tischchen mit neckischen rosafarbenen Lämpchen sind kaum mehr Plätze frei. Im Gegensatz zum *Moulin Rouge* ist das *Montagnes Russes* tatsächlich aufgebaut wie eine Art Theater mit Logen, Balkonen und stilvollen Aufbauten. Mein Blick wandert die beindruckende Bühne mit dem dicken Brokatvorhang hinauf und an den mit Unmengen an Blattgold verzierten Balkonen entlang. So langsam verstehe ich, was Toulouse damit gemeint hat, dass es mir hier durchaus gefallen könnte.

»Ich schätze mal, dort oben wäre deine Loge gewesen«, stelle ich über Toulouses Kopf hinweg fest. Mein Blick folgt noch immer den Bögen und Verschnörkelungen der Holzarbeiten.

Toulouse reagiert nicht. Wortlos zieht er mich am Saum meines Jacketts weiter, um mich rabiat auf einen der wenigen noch freien Stühle an einem Tisch am Rande der Bühne zu platzieren. Er pfeffert die zerdrückten Eintrittskarten auf die polierte Platte, ehe auch er sich setzt und umständlich die Beine überschlägt. Lustlos reicht er mir das dünne Programmheft herüber, auf dem auch nur wieder das Bild von Louise prangt.

Meine Fingerspitzen beführen flüchtig das selbst in der Verkleinerung intensive Rot des Bildes. Es sieht Toulouses Postern so ähnlich. Doch fehlt dieses kleine Fünkchen, das ein gutes Bild von einem fantastischen unterscheidet.

»Wer hat das Poster gemalt?«, frage ich gedehnt nach, während ich vergebens nach einer Signatur suche.

»Jules Chéret, der alte Aufschneider«, prustet Toulouse

zwischen fest aufeinandergebissenen Zähnen hindurch. Für einen Moment sieht es aus, als wolle er auf das Programmheft spucken. »Valentin wollte für die Werbung ein etwas klassischeres Poster haben, wie mir Charles mitteilte. Weil das hier«, seine kurzen Arme vollführen eine unwirsche Geste, »ja so viel *gediegener* ist als das *Moulin Rouge*. Na, wer's glaubt.«

Er verdreht die Augen.

Verwundert blättere ich durch das Programmheftchen, nur um schließlich wieder bei Louises Abbild hängen zu bleiben.

»Aber ich dachte, du wärest Zidlers erste Wahl, wenn es um Posterwerbung geht?«

Fragend ziehe ich die Augenbrauen in die Höhe. Toulouses Miene verfinstert sich noch mehr.

»Das stimmt auch. Für das *Moulin Rouge*. Aber wir sind nicht im *Moulin Rouge*, oder?«

Die buschigen Brauen spannen sich wieder wie kleine Halbmonde über dem Rand seiner runden Brille. Beipflichtend rucke ich mit dem Kinn. Und ich bin mir mehr als sicher, dass sich Toulouse in diesem Moment nichts sehnlicher wünscht, als im Inneren des *Moulin Rouge* in seinem bequemen Sessel zu sitzen.

Mein Blick wandert erneut zu den goldenen Balkonen. Mit Sicherheit werden sich Oller, Zidler und Chéret dort die Aufführung ansehen. Ich kann es Toulouse nicht verübeln, dass ihm nicht danach zumute ist, sich dort mit ihnen zu tummeln.

Erneut blättere ich durch das Programm. Louise und Valentin werden mit der Eröffnungsquadrille anfangen.

»Was hat Louise dazu gesagt?«

Ich lasse das Heft in meinen Schoß sinken. Toulouse

stöhnt und winkt halbherzig einem vorbeikommenden Ober in ebenfalls dunkelroter Uniform.

»Was soll sie schon gesagt haben?«

Er zuckt kaum merklich mit den schmalen Schultern unter dem dunklen Cape.

»Sie kann es sich schließlich nicht aussuchen, von wem sie sich für Werbung malen lässt. So ist das nun mal, mein junger Freund. So ist das nun mal.«

Mit einem leisen Klacken stellt der Ober zwei Gläser auf den Tisch, nach denen Toulouse sogleich gierig greift.

»Aber genug davon.«

Seine Stimme klingt wieder fester und auffordernd hält er mir das randvolle Glas entgegen.

»Lass uns den Abend und die Vorstellung genießen, mein Bester. Immerhin bist du mit mir hergekommen, um auf dein neues Werk anzustoßen. Also, santé!«

Zustimmend lächle ich über den Rand meines Glases hinweg, ehe ich es zusammen mit Toulouse erhebe.

Das hohe Geräusch gegeneinanderstoßenden Glases ist noch nicht gänzlich verklungen, da beginnt sich das Licht im Saal auch schon zu dimmen und das Brummen der Stimmen verstummt.

Leise rauschend ziehen unsichtbare Hände den Vorhang in die Höhe. Die kleinen Birnchen der Bühnenbeleuchtung surren und fiepen und sind für einen Herzschlag das einzige Geräusch in dem gigantischen Saal. Die eingesetzte Stille hält allerdings nicht lange an. Tosender Beifall erklingt, als Louise in einem blutroten Atlaskleid zusammen mit Valentin, dem Knochenlosen, die Bühne betritt und sich tief verbeugt.

Das Orchester fängt an zu spielen, doch selbst die vielen Blechbläser schaffen es nicht, den allgemeinen Beifall und

Trubel vollends zu übertönen, als die beiden einen schnellen Tanz beginnen, bei dem Louises wallende Unterröcke gefährlich fliegen.

Sichtlich entzückt lässt sich Toulouse neben mir gegen die Lehne des Stuhls sinken, nur dann und wann genüsslich an seinem Gläschen nippend.

Und auch ich kann mich der Atmosphäre und Anziehungskraft des tanzenden Paares nicht entziehen. Vielleicht hatte Valentin recht. Vielleicht ist dieser Ort hier gediegener als das *Moulin Rouge*. Zumindest fühle ich mich nicht so vollkommen deplatziert und ausstaffiert wie bei meinem Besuch in der roten Mühle. Die Wärme schießt mir in die Wangen und meine Finger werden taub und kribbelig vom vielen Klatschen, als die beiden ihren Tanz mit einer letzten schwungvollen Drehung beenden. Unter Johlen und Beifall springen Menschen von ihren Stühlen auf und auch ich kann mich der allgemeinen Euphorie nicht erwehren, klatsche und lache und klatsche noch mehr, bis ich meine Fingerkuppen nicht mehr spüren kann und meine Wangen glühen.

Unter vielen Knicksen und Verbeugungen verlassen Louise und Valentin die Bühne. Abgelöst werden die beiden von einem Gesangsduett zweier leicht bekleideter junger Mädchen, von denen eines erstaunliche Ähnlichkeit mit Louise aufweist.

»Das ist Gazelle«, raunt es Toulouse zu mir herüber, als habe er meine Gedanken erraten. »Louises Schwester. Reizendes kleines Ding, nicht?«

Aber offensichtlich nicht reizend genug für Toulouse. Kaum hat er mir diese Information offenbart, richtet er auch schon sein Cape und steht auf.

»Wohin willst du?«, frage ich perplex, abwechselnd

zwischen den tanzenden Mädchen und meinem im Gehen begriffenen Freund hin- und herblickend.

»Zu Louise, um ihr zum gelungenen Auftakt zu gratulieren. Bis zu ihrem zweiten Auftritt bin ich wieder zurück, versprochen. Also guck nicht so entgeistert drein, mein Lieber.«

Er zwinkert mir im Gehen zu und schwingt sich den Griff seines Gehstocks über den Unterarm. Ohne etwas erwidern zu können, sehe ich der kleinen Gestalt nach, bevor die Menge sie verschluckt.

Es überrascht mich nicht. Wo auch immer Louise ist, werden für Toulouse alle anderen Menschen zu Statisten. Doch ich sehe es ihm nach. Es muss ein schmerzhafter Schlag ins Kontor gewesen sein, dass nicht er es war, der sie für das neue Werbeplakat hat malen dürfen. Desinteressiert blättern meine Finger noch einmal durch die bereits knickrigen Seiten. Toulouse muss sich beeilen. Nach diesem Programmpunkt folgen sogleich wieder Louise und Valentin für einen weiteren Tanz. Das Mädchen, das ihr so ähnlich sieht, beugt sich auf der Bühne weit nach vorne, der Ausschnitt gefährlich tief.

Sie ist hübsch. Wirklich hübsch.

Kleiner als Louise und jünger. Doch wie es nun mal so ist, in Künstler- und auch Nichtkünstlerfamilien vererbt sich Talent leider nicht immer gerecht. Genau wie dem Poster von Chéret fehlt es Gazelle an dem letzten, entscheidenden Funken, der sie vom großen Star unterscheidet. Es ist traurig, aber überaus wahrscheinlich, dass sie stets nur die kleine Schwester von Louise bleiben wird.

Ich seufze tief, lehne mich gegen die wackelige Lehne des Thonetstuhls und drehe versonnen das halbleere Glas zwischen meinen Fingern. Das zart rosafarbene Licht der kleinen Tischlampe macht mich trotz der allgegenwärtigen Lautstärke schläfrig.

Vielleicht wird es mir genauso ergehen, sinniere ich, während Gazelles Röcke höher fliegen als die ihrer Schwester. Vielleicht werde ich auch immer nur der Freund von Toulouse bleiben. Der ausstaffierte Pudel im Schatten des großen Künstlers. Ein Pudel, dem man ein paar Tricks beigebracht hat, aber trotzdem nichts weiter als ein dummer Pudel. Vielleicht bin ich selbst mit Thujons Hilfe nicht in der Lage, aus diesem langen Schatten herauszutreten.

Beim Gedanken an Thujon durchfährt mich ein kalter Schauer und beinah hätte ich die teure Anzughose besudelt. Verärgert leere ich den Rest und stelle das Glas zurück auf den Tisch. Den ganzen Abend über habe ich nicht an ihn denken müssen und nun ist es, als sei er nie wirklich fort gewesen.

Verdammt!

Vielleicht sollte ich ihm sagen, dass seine Hilfe gänzlich vergebens ist. Dass er seine Zeit mit mir verschwendet. Auch wenn meine Gefühle mir etwas gänzlich anderes sagen.

Tosender Applaus reißt mich aus meinen finsteren Gedanken und noch ehe die beiden Mädchen die Bühne verlassen haben, treten wieder Louise und Valentin heraus ins Licht und der Beifall vervielfacht sich.

Louise tanzt. Schneller und wilder als zuvor.

Der Platz neben mir ist nach wie vor verwaist.

Wo zur Hölle steckt denn nur Toulouse?

Suchend beuge ich mich über die Lehne des Stuhls und blicke über die Heerschaar an Köpfen hinweg, doch kann ich ihn nirgends ausmachen.

Die Musik schwillt weiter an, der Tanz wird dramatischer und noch immer keine Spur von ihm.

Er wollte doch zu Louises zweitem Tanz zurück sein?

Verwundert blicke ich hoch zu dem tanzenden Paar. Louise wirkt angestrengter als sonst, das so einnehmende Lächeln ist seltsam steif geworden, als müsse sie sich fürchterlich darauf konzentrieren, dass es nicht gänzlich verrutscht. Valentins Miene ist wie immer ausdruckslos.

Entschlossen schiebe ich den Stuhl zurück und bahne mir einen Weg durch die schummrig beschienenen Pfade zwischen den kleinen Tischen Richtung Bühne. Irgendwo hier muss Toulouse doch sein. Ein kleiner Durchgang tut sich neben dem dicken Brokatvorhang auf, wird von diesem beinah gänzlich verdeckt. Einen letzten verstohlenen Blick um mich werfend, schiebe ich den Vorhang ein Stück zur Seite und husche durch den schmalen Einlass. Ich finde mich in einem bretterverhauenen Durchgang wieder, an dessen Wänden alte Gaslaternen leise zischen und den Gang in ein zittriges Licht tauchen.

»Toulouse?«, rufe ich in das Zwielicht, höre jedoch nichts weiter als das hohe Pfeifen der Laternen und das Dröhnen des Orchesters.

»Toulouse, bist du hier irgendwo? Du verpasst Louises Vorstellung!«

Die Dielenbretter knarzen unter meinen Schuhsohlen. Das Licht der Gaslaternen zuckt unstet über die Wände, an denen alte, bereits verblasste Poster von längst vergessenen Aufführungen künden. Ich halte in der Bewegung inne, als lauter Beifall das Pfeifen der Laternen übertönt und das Rufen und Raunen der Menge sich zu einem immer weiter ansteigenden Orkan aus Lauten und

Geräuschen vermischt. Doch klingt es hinter der Bühne seltsam dumpf und fern, als seien all die Geräusche nicht echt. Lautes Fußgetrappel erklingt, die Dielenbretter quietschen und knarzen so erbärmlich wie die rostigen Federn meiner Couch und beinah werde ich umgerissen von einer roten Gestalt, die einen Treppenaufgang links von mir herabfegt.

»Louise! So warte doch, Louise!«

Ich erkenne die Stimme des Knochenlosen und tatsächlich springt er nur wenige Schritte hinter Louise federnd die Stufen herab. Um ein Haar wäre er in mich hineingelaufen.

Er wirft mir einen verärgerten Blick zu, erkennt mich jedoch nicht. Verwundert sehe ich ihm dabei zu, wie er sich der Tänzerin zuwendet. Sein Gesicht ist blass, tiefe Furchen haben sich um seinen Mundwinkel in die Haut eingegraben.

»Louise, bitte, so beruhig dich doch.«

Seine Stimme klingt weicher, als ich sie in Erinnerung hatte.

»Lass mich, Valentin!«

Erst jetzt erkenne ich, dass Louise in Tränen aufgelöst ist. Das hübsche Gesicht ist rot gefleckt, die hellen Augen glänzen.

»Bitte. Nur einen Augenblick, ja?«, setzt sie etwas gefasster nach und lehnt sich schwer atmend gegen das Treppengeländer.

Valentin bleibt schockiert stehen. Erst nach einigen Sekunden nickt er knapp, ehe er wortlos an ihr vorbei den Gang Richtung Music Hall entlanggeht und uns in dem seltsamen Halblicht der flackernden Gaslaternen zurücklässt.

Vorsichtig trete ich aus dem Schatten einen Schritt näher an Louise heran. Leises Schluchzen lässt ihren schmalen Körper erzittern.

»Louise?«

Als hätte ihr jemand einen elektrischen Schlag versetzt, schnellt ihr Kopf in die Höhe, dass die blonden Haare nur so fliegen. Einige verirrte Strähnen bleiben an ihren erhitzten Wangen kleben.

Sie blinzelt hektisch, ehe sie sich fahrig mit dem Handrücken über die Augen reibt.

»Du?«, fragt sie schließlich, die Stimme brüchig und belegt.

Verlegen verschränke ich die Arme und nicke.

»Es tut mir leid, wenn ich dich störe … Aber ich suche Toulouse«, murmle ich kleinlaut und ärgere mich bereits über meine Worte, kaum sind sie über meine Lippen gekommen. Louise und Valentin müssen sich gestritten haben und ich bin wie der Elefant im Porzellanladen in ihre Gedanken geplatzt.

»Er wollte nach deinem ersten Tanz mir dir reden, ist aber danach nicht mehr zurückgekommen«, setze ich hastig nach und komme so dem immer dringender werdenden Bedürfnis nach, mich für meine Anwesenheit rechtfertigen zu müssen. Louises verweinte Augen weiten sich.

»Ja … ja, ja, natürlich, du bist der junge Bursche, den er mit ins *Moulin Rouge* genommen hatte, nicht?«

Erneut nicke ich hastig.

»Genau. Ich bin ein Freund von Toulouse.«

Ihr verwirrter Gesichtsausdruck weicht einem gezwungenen Lächeln. So gezwungen, dass es mich beim Hinsehen schmerzt.

»Ich habe dich erst gar nicht erkannt.«

Ihr kurzes Lachen ist viel zu hoch und viel zu schrill. Mit fahrigen Bewegungen beginnen ihre Finger etwas zu suchen, nesteln an ihrem Kleid herum und nachdem sie auch in den Ärmeln ihres Kleides kein Taschentuch finden kann, zieht sie die laufende Nase hoch.

»Ich weiß, wo Toulouse ist.«

Ihre dunkelrot lackierten Fingernägel krallen sich in ihren Unterarmen fest. Ich kann nichts weiter tun, als sie fragend anzustarren. Betreten senkt Louise den Kopf zur Seite, erneut schießen ihr Tränen in die Augen.

»In meiner Umkleide. Den Gang entlang bis zum Ende. Du kannst sie nicht verfehlen.«

Ihre Stimme bricht beim letzten Wort und zitternd hält sie sich die Hand vor den Mund.

»Was ist denn geschehen?«

Ich will sie trösten, meine Hände auf ihre Schultern legen, doch wie Valentin vor mir, vermag ich mich nicht zu rühren. Sie schüttelt erst langsam, dann immer schneller mit dem Kopf.

»Das wird dir Toulouse sicher erzählen.«

Sie hebt den Kopf an. Ihr Lächeln ist schmerzhaft schief. »Natürlich wird er es dir erzählen, du bist sein Freund.«

»Louise! Zidler und Oller warten auf dich!«, dröhnt eine schwere Stimme, die ich keinerlei Körper zuordnen kann, durch den dunklen Flur und Louises schmale Gestalt fährt zusammen.

Sie ruckt mit dem Kinn. Umständlich rafft sie ihre Röcke zusammen und ist bereits ihm Begriff zu gehen, als sie sich noch einmal zu mir herumdreht.

Tränen laufen über ihre Wangen, glitzern unstet im Licht der Laternen. Die Wimperntusche ist zu dunklen

Ringen unter ihren Augen verwischt. Sie sieht so schrecklich verloren aus.

Ein roter Fleck in der Dunkelheit.

»Und bitte sag ihm: Es tut mir so unsagbar leid.«

Kapitel 11

Das rauschende und von frenetischen Rufen begleitete Klatschen der Meute am Anfang des Korridors begleitet mich wie ein bösartiges Phantom. Doch wird es zunehmend leiser und verwaschener, je weiter ich den Gang hinabgehe. Verblasst schließlich gänzlich, bis das sirrende Pfeifen der Gaslaternen das einzige Geräusch ist, das mich begleitet.

Louise hatte recht. Schon von Weitem sehe ich den schmalen Lichtstrahl. Durch die nur einen Spalt breit geöffnete Tür fällt er einem Irrlicht gleich auf die abgeschabten Dielenbretter.

Entschlossen beschleunige ich meine Schritte.

Meine Gedanken überschlagen sich, drehen und winden sich in alle erdenklichen Richtungen, finden jedoch keine rechte Antwort auf all die aufgeworfenen Fragen.

Für einen Sekundenbruchteil sehe ich wieder Louises verweintes Gesicht vor meinem inneren Auge vorbeihuschen. Wie der erbärmliche Versuch eines Lächelns ihr Gesicht entstellt. Wieder höre ich ihre kryptischen Worte in meinem Kopf: *Es tut mir so unsagbar leid.*

Die Worte drehen sich wie ein außer Kontrolle geratenes Karussell. Wie ich sie auch drehe und wende, ich kann ihnen keinen Sinn entnehmen.

Was tut ihr leid?

Meine Handflächen berühren schon das dunkle Holz, wollen die Tür aufdrücken, als mich zwei Stimmen mitten in der Bewegung erstarren lassen.

Mit einem Mal wird mir eiskalt und die Lichtpunkte der Gaslaternen scheinen für einen kurzen Moment lang gekippt und verbogen.

Hart und viel zu schnell hämmert mein Herz in meiner Brust. Nein, nicht in meiner Brust, es arbeitet sich meinen Kehlkopf hinauf und hämmert völlig außer sich hinter meinem Adamsapfel.

Ich kenne sie. Ich kenne diese Stimmen.

Die eine identifiziere ich sofort als den vor Aufregung überschnappenden und von Weinkrämpfen erschütterten Bariton von Toulouse. Doch die andere …

Sanft drücke ich die Tür ein Stückchen weiter auf, sodass ich das Innere des mit zwei flackernden Wandarmen erhellten Raumes erkennen kann. Überall auf dem Boden verteilt liegen Kleider, Strümpfe, Tournüre. Am Rahmen des großen Schminkspiegels an der Wand hängt mitleidserregend schief Toulouses Zylinder.

Ein süßlicher Duft wabert durch die kleine Kammer.

Erschrocken kralle ich mich am Türrahmen fest. Die Welt um mich herum scheint vollkommen aus dem Lot zu geraten.

Inmitten all dieses Durcheinanders kauert Toulouse.

Sein Cape ist verrutscht, das bärtige Gesicht zu einer schiefen Grimasse verzerrt. Tiefe Schluchzer pressen sich stoßweise und trocken, wie tuberkulöser Husten, aus seiner sich viel zu schnell hebenden Brust. Die dunklen Augen sind vom vielen Weinen bereits verquollen, die Wangen rot angelaufen.

Die Welt kippt immer weiter und weiter, als würde

jemand versuchen, mich mitsamt den Dielenbrettern unter meinen Füßen zur Seite zu neigen.

Eisern klammern sich meine Finger an der Tür fest.

Mein Verstand kann im ersten Moment nicht verarbeiten, was meine Augen sehen.

Ich würde ja zu ihm gehen. Ihn trösten, ihn in den Armen wiegen und versuchen, ihn zu beruhigen.

All das würde ich tun.

Wenn dies nicht bereits jemand anderes für mich tun würde.

Die schwarzen Locken streichen sanft über Toulouses erhitzte Stirn, als er sich weiter über ihn beugt und ihn hinterrücks in eine feste Umarmung zieht. Immer enger ziehen die Arme die kleine Gestalt an eine gänzlich in weiß gehüllte Brust, ehe sich der zitternde Körper nicht mehr wehren kann.

Die feingliedrigen Finger seiner rechten Hand beginnen durch verschwitzte Locken zu streichen, während sich die andere Hand fest in seinem Hemd verkrampft. Wie eine kaputte Marionette liegt Toulouses erschlaffter Körper in den mir so vertrauten Armen.

Thujon.

»Mein lieber Toulouse«, geistert Thujons Stimme wie ein pervertiertes Echo zu mir herüber und es schnürt mir die Kehle zu.

Toulouse beginnt den Kopf zu schütteln. Jede seiner Bewegungen wirkt noch puppenhafter und mechanischer als sonst.

»Es … es liegt«, sein Schluchzen steigert sich in ein manisches, viel zu hohes Japsen. Sein Körper bebt unerbittlich in den Armen meines Thujons, der seine Wange sanft auf Toulouses Kopf bettet und die Augen schließt.

»Wenn ich nur anders aussehen würde … wenn ich … ich nur nicht – « Toulouses heisere Stimme bricht ab, da er ein erneut aufkommendes Schluchzen, das langsam in ein Würgen übergeht, nicht mehr zurückhalten kann. Die winzigen Hände, die im Vergleich zu denen Thujons mehr denn je aussehen wie die eines Kindes, krallen sich in dessen Unterarm fest, als sei dies die einzige Rettung für ihn.

»Natürlich entscheidet sie sich nicht für mich«, krächzt Toulouses wunde Kehle sichtlich unter Mühen und er sieht in diesem Augenblick fürchterlich verloren aus.

»Wer würde sich schon für *mich* entscheiden?«

Toulouse sackt bei diesen Worten gänzlich in sich zusammen. Als habe ein bösartiger Puppenspieler nun auch noch den letzten Faden, der ihn aufrechthielt, durchtrennt.

Thujon schüttelt kaum merklich den Kopf.

»Sag nicht so einen Unsinn, mein Lieber.«

Seine Stimme ist weich und sanft, dass es mir eine Gänsehaut den Rücken hinabjagt.

Ein heißes Brennen kriecht meine Kehle hinauf, ich habe das Gefühl, mich übergeben zu müssen.

Toulouse und Thujon!

Mein Magen zieht sich mehr und mehr zusammen, als würde er sich in mir winden, sich verdrehen und zu einem Knäuel verknoten. Ich kann den Würgereiz kaum noch zurückhalten.

Thujon in seinem perlweißen Anzug zieht Toulouse noch enger in die Umarmung, streicht ihm beruhigend über die glühenden Wangen.

»Vergiss sie«, raunt er in Toulouses Ohr und presst seine Lippen gegen seine Schläfen. »Vergiss sie. Du hast doch schließlich mich.«

Toulouse scheint sich tatsächlich ein wenig zu beruhigen, das Zucken und Zittern verebbt allmählich.

Thujon atmet zufrieden aus.

»Du brauchst sonst niemanden.«

Die blassen Finger drehen Toulouses Gesicht mit sanfter Gewalt zu sich.

Nein!

Wie von Sinnen halte ich die Luft an, habe das Gefühl, keinen einzigen Atemzug mehr tun zu können, als Thujon Toulouse einen Kuss auf die Lippen presst.

Die Zeit scheint ebenfalls den Atem angehalten zu haben. Quälend lange dauert dieser Kuss. Erst scheu, dann immer begieriger gibt sich Toulouse diesem Kuss hin, schlingt seine kurzen Arme Halt suchend um Thujons Hals.

Toulouse lächelt milde, als sich ihre Lippen wieder voneinander trennen. Er schließt die Augen, als er seinen Kopf gegen Thujons Brust lehnt, die Arme noch immer fest um des Größeren Nacken geschlungen.

Thujons Finger streichen in einem gleichbleibenden Rhythmus durch Toulouses Haar. Auch er lächelt leicht.

Dieses verdammte Lächeln.

Urplötzlich blickt Thujon von Toulouses Scheitel auf.

Das Grün seiner Augen leuchtet im schwachen Licht der kleinen Lampen. Erschrocken weiche ich zurück.

Sein Blick lastet auf mir. Das verdammte Grün brennt sich wie Säure in meine Netzhaut.

Es dauert einen schmerzhaften Atemzug, ehe ich begreife.

Das Grinsen auf Thujons Lippen wird breiter.

So breit, bis es sein Gesicht gänzlich entstellt.

Er hat mich gesehen!

Meine Beine bewegen sich, als würden sie nicht mehr zu meinem Körper gehören. Der dunkle Gang fliegt an mir vorbei wie in einem schrecklichen Traum. Ich reiße den Vorhang zur Seite und stürze in den Innenraum der Music Hall, werde beinah erschlagen von der Hitze und Lautstärke, gegen die ich pralle.

Zwei der kleinen Tische fallen klappernd zu Boden, die elektrischen Birnchen der Tischlampen flackern kurz, ehe sie knisternd verlöschen. Ich höre das Rufen und Schreien der Damen nur als einen fernen Geräuschteppich.

Eine dumpfe, schwere Erinnerung, die überhaupt nichts mit mir zu tun hat.

Atemlos platze ich aus dem Eingangsportal hinaus in einen strömenden Regen. Wabernd steigen Nebelschwaden vom Kopfsteinpflaster auf, das Wasser der Pfützen spritzt an meinen Beinen hoch, als ich nach Hause laufe.

Renne. So schnell ich nur kann.

Die roten Reflexionen der Werbung auf den schillernden Steinen verblasst, lässt einige Meter später nichts weiter als dumpfes Grau zurück. Meine Lungenflügel brennen bei jedem Atemzug, in meinem Kopf wummert mein Herzschlag und egal wie oft ich die Augen auch schließe, egal wie oft ich versuche, das Bild abzuschütteln, tut sich doch nur wieder die Szenerie vor ihnen auf, die mir die Brust einschnürt und ein Knäuel aus Stahlwolle in meine Kehle stopft.

Thujon, wie er Toulouse diesen brennenden Kuss auf die Lippen drückt. Toulouse, wie er Thujon anschaut. Das kann nicht sein. Das kann einfach nicht wahr sein!

»Bist du wahnsinnig geworden, Junge?! Pass doch auf!«

Erschrocken taumele ich zurück, strauchle und stürze hart auf meine Knie.

Verdattert kauere ich auf dem Kopfsteinpflaster, spüre die Kälte meine Beine hinaufkriechen und blicke tonlos der Droschke nach, die wie ein Gespenst an mir vorbeifliegt. Wasser spritzt im hohen Bogen in mein Gesicht. Das Rufen und Fluchen des Kutschers wird von den Hauswänden um ein Vielfaches verstärkt, es bringt meinen Kopf beinah zum Platzen. Mühsam versuche ich mich aufzurappeln, halte jedoch abrupt in der Bewegung inne, als ich auf der anderen Straßenseite etwas erblicke, das mir sämtlich Kraft aus den Gliedern zieht.

Mein verzerrtes Gesicht starrt mir aus der Scheibe eines Schaufensters entgegen. Die Haare hängen wirr und strähnig in mein Gesicht, die Augen liegen tief und dunkel in ihren Höhlen. Und es trifft mich wie ein Schlag ins Gesicht. Schlimmer als jeder Wasserschwall es je könnte.

Ein begossener Pudel in der Gosse.

Es ist das Spiegelbild eines erbärmlichen Pudels, das mir mitleidserregend entgegenblickt.

Meine Finger verkrampfen sich auf dem nassen Pflaster zu Fäusten.

Entschlossen zwinge ich meine wackeligen Beine dazu, sich aufzurichten, wische mir die Haare aus der Stirn und realisiere kaum den brennenden Schmerz und meine blutenden Knie unter den zerrissenen Hosenbeinen.

Nein, so nicht!

Weiter. Einfach nur weiter. Die Häuser rauschen an mir vorbei wie Schatten, überlebensgroße Monster.

Der Anzug klebt wie eine zweite Haut an mir, als ich lautstark die Tür hinter mir ins Schloss fallen lasse und die Treppen zu meinem Atelier hinaufpoltere.

Entfernt kann ich unterdrücktes Rufen und Fluchen hören.

Es interessiert mich nicht. Es ist nicht wichtig.

Die Tür zu meinem Atelier schlage ich mit einer solchen Wucht auf, dass das oberste Scharnier endgültig bricht und sie schräg in der Angel hängend gegen die Wand knallt.

Ich reiße mir das tropfende Jackett von den Schultern und beginne zu suchen. Durchwühle mein Atelier wie ein Derwisch.

Wo ist es? Wo ist es nur? Es muss hier sein!

Wie wild reißen meine Hände die verschiedenen Pulverfläschchen aus dem Regal, werfen sie achtlos auf den Tisch, suchen weiter und weiter, bis sie schließlich in der letzten Ecke die kleine Flasche mit einem winzigen Rest irisierend grünen, kristallinen Pulvers finden.

Mein Mund verzieht sich zu einem schiefen Schlitz. Zufrieden lasse ich das Pulver in der Flasche von links nach rechts rutschen.

Scheelsches Grün.

Es ist die teuerste Farbe, die ich besitze. Und natürlich hätte ich sie mir selbst niemals leisten können.

Sie war ein Geschenk von Toulouse.

Ich könnte schreien vor Wut.

Natürlich ist sie ein Geschenk von Toulouse. Nein, wie passend.

Ich umklammere die Flasche so fest, dass mein Handgelenk schmerzt, wirble herum und starre auf das vollendete Landschaftsbild auf der Staffelei.

Die Wolken sind noch nicht zur Gänze getrocknet.

Egal! Es ist vollkommen egal.

Ich verschwende keinen weiteren Gedanken mehr daran. Blindlings reiße ich das fertige Bild von der Staffelei und pfeffere es auf den Tisch. Grob stelle ich die

Pigmentflasche daneben und jage weiter durch mein Atelier. Schranktüren schlagen lautstark auf. Mühsam zerre ich meine einzige noch leere, auf Keilrahmen gespannte Leinwand aus dem obersten Fach und knalle sie auf die Staffelei.

Der halb abgebrochene Kohlestab kratzt so laut und schwer auf dem Leinen, dass ich an einigen Stellen beinah den Stoff beschädige. Doch auch das ist mir egal.

Verdammt noch mal, ich kann es ohne dich!

Das Kratzen wird lauter, eindringlicher.

Hörst du, Thujon, du verdammter Mistkerl?

Ich kann ohne dich malen!

Das Kratzen der Kohle fräst sich in meinen Kopf und bringt die so verhassten Kopfschmerzen zurück. Helle Blitze beginnen vor meinen Augen umherzuzucken, je härter ich mit dem Stab über das grobe Leinen schabe. Langsam nimmt das Gebilde Formen an und ich könnte laut loslachen vor Freunde.

»Wir werden ja sehen«, murmle ich gegen das Leinen.

»Ich bin nicht dein verdammter Pudel, Toulouse. Und ich bin auch nicht deine Hure, Thujon. Ihr könnte es beide nicht besser!«

Das Geräusch zerreißender Fasern lässt mich in meiner Bewegung innehalten und einen Schritt von der Staffelei zurücktreten.

Nein, ihr beiden Mistkerle könnt es keinen Deut besser als ich. Ich *brauche* euch Dreckskerle nicht!

Das Kohlestäbchen trifft mit solcher Wucht auf die Ablage, dass es in kleine Teilchen zersplittert.

Grün.

Ich brauche jetzt das gottverdammte Grün. Diese schreckliche Farbe.

Wie Gift. Wie Galle.

Ich ignoriere die sich in einem rasenden Tempo durch meine Schläfen vorarbeitenden Kopfschmerzen und beginne damit, das Scheelsche Grün anzurühren.

Immer schneller rühre ich das giftgrüne Pigment in das Öl ein.

Es ist zum Auswachsen! Es wird einfach nicht grün genug.

Erst als beinah der komplette Inhalt der Phiole beigemischt ist, gebe ich mich mit dem Resultat zufrieden. Der Pinsel drückt sich so tief in das Grün, dass die Farbe an den Seiten überquillt und mir über die Finger läuft. Wieder und wieder presse ich den Pinsel in die Farbe seiner Augen.

Warum? Warum tut er das?

Und ausgerechnet Toulouse!

Jeder, aber doch nicht Toulouse!

Ich fasse es nicht!

Wie er ihn angesehen hat. Dieser Blick. Wie er sonst nur *mich* ansieht!

Ich hole weit mit dem Pinsel aus.

Wie er sein Gesicht zwischen seine Hände genommen hat.

Der Pinsel drischt auf die Leinwand ein.

Er hat ihn geküsst!

Die Farbe spritzt und schmiert.

Das Grün verschwimmt immer mehr. Das Dröhnen in meinem Kopf wird unerträglich, wie eine Dampfpresse hallt und pocht es in meinem Schädel, mit jedem weiteren Hieb des Pinsels auf die Staffelei wird es schlimmer. Als wolle mein Kopf explodieren.

Unaufhörlich, immer weiter.

Es soll verdammt noch mal endlich aufhören!

Schwer atmend drücke ich die Borsten gegen das Leinen.

Mir wird fürchterlich heiß, einen Moment lang versuche ich, mich noch an der Staffelei festzuhalten, doch die Welt wird endgültig auf den Kopf gedreht. Das dumpfe Brummen in meinem Kopf gleicht einem Bienenschwarm, der mich einhüllt wie eine finstere Wolke. Und die gänzlich aus den Fugen geratene Welt versinkt in Schwärze.

Das Einzige, was ich noch höre, ist das Geräusch des Pinsels, als dieser auf dem Boden aufschlägt. Und das Letzte, was ich sehe, ist verschmiertes Grün.

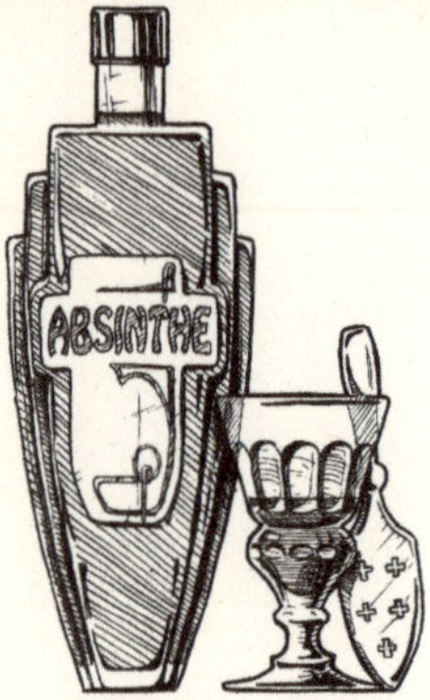

Kapitel 12

»Noël … du musst langsam aufwachen, Noël.«

Zittrig folgen meine Lider der insistierend gewisperten Aufforderung, die sich penetrant in meine Gehirnwindungen frisst. Es ist eine Stimme, der ich keinerlei Körper zuordnen kann. Losgelöst geistert sie durch den Raum.

Ich habe das Gefühl, als würde ein bleiernes Gewicht auf meiner Brust lasten und mir jedwede Luft aus den Lungenflügeln pressen. Alles um mich herum ist ekelhaft verwackelt und in viel zu helles Weiß getaucht. Als wäre einem Maler die Phiole mit Bleiweiß aus der Hand gerutscht und die Wolke aus weißen Farbpigmenten in die Luft gestoben. Blinzeln. Blinzeln. Es dauert, bis ich begreife, dass es Staub ist, der durch die Luft flirrt. Kleine, funkelnde Partikel wirbeln vor meinen Augen auf und nieder, auf und nieder. Das Pochen hinter meiner Stirn beruhigt sich etwas, als ich endlich ausmachen kann, wo ich mich befinde und wer dort als verschwommener Schemen am Fuße meines Bettes sitzt.

»So langsam mache ich mir Sorgen um dich.«

Ich kneife die Augen zusammen und endlich sehe ich die Welt wieder halbwegs scharf umrissen. Toulouse sitzt mit überschlagenen Beinen auf meiner Bettkante. Das Gesicht blass, im Kontrast zu seinem dunklen Bart beinah ungesund weiß. Die Augen sind rot unterlaufen.

»Was tust du hier?«

Mühsam richte ich mich von meiner Liegestatt auf. Ich habe keinerlei Erinnerung mehr daran, wie ich jemals dorthin gelangt bin.

Toulouse atmet hörbar aus und zieht die Nase kraus.

»Du warst gestern Abend einfach verschwunden, nirgends konnte ich dich finden.«

Er sagt dies weniger vorwurfsvoll, als vielmehr verwundert.

»Aber viele Leute konnten sich lebhaft daran erinnern, einen jungen Mann, auf den deine Beschreibung passte, einem Berserker gleich zum Ausgang stürmen gesehen zu haben. Und als ich dich zu Hause suchte, fand ich dich dort.«

Sein Kinn vollführt ein abgehacktes Rucken Richtung Staffelei. Die aufgespannte Leinwand ist kreideweiß. Bis auf die Flecken Scheelschen Grüns.

»Geht es dir wieder gut? Du siehst aus wie der Tod, mein Bester«, fährt Toulouse etwas leiser fort und folgt meinem Blick. Auch er fixiert die grünen Flecken.

»Alles in Ordnung, Toulouse. Mir fehlt nichts. Die Ereignisse des letzten Abends waren wohl einfach ein bisschen viel für mich«, zische ich spitz zwischen fest aufeinandergebissenen Zähnen hindurch.

Mit einer Intensität, dass es sich anfühlt, als würde eine Dampfwalze in meinem Schädel marodieren, fluten die Erinnerungen an den vergangenen Abend zurück in meinen Geist.

Toulouse. Toulouse und Thujon.

Das Laken fühlt sich klamm und kalt unter meinen

verkrampften Fingern an. Toulouse scheint dies zu bemerken. Mühsam richtet sich der kleine Mann vom Bett auf und tritt wie hypnotisch angezogen näher an die Staffelei.

»Daran hast du gearbeitet, als ich dich gefunden habe. Interessante Farbwahl.«

Er lässt seine ekelhaften, dicklichen Finger über das Leinen gleiten. Ich könnte mich erbrechen bei dem Anblick.

»Nimm deine dreckigen Pranken da weg!«, schreie ich ihn an und weiß augenblicklich, dass es nun für alles zu spät ist. Toulouse wirbelt herum, als hätte ich ihn mit Gift bespuckt, und starrt mit weit aufgerissenen Augen zu mir herüber. Es ist ein Ausdruck, den ich noch nie zuvor auf seinem Gesicht gesehen habe, und für einen wunderbaren Augenblick genieße ich ihn maßlos.

Angst.

Nein, ich kann es keine Sekunde mehr für mich behalten. Je länger mich diese mitleiderregend dreinschauenden Augen anblicken, desto mehr kommt mir die Galle hoch. Langsam schäle ich mich aus den Laken und baue mich in voller Größe vor Toulouse auf. Meine Fingernägel bohren sich schmerzhaft in meine Handinnenflächen.

»Was für ein abgekartetes Spiel treibst du da hinter meinem Rücken?!«, platzt es aus mir heraus und ich schreie so laut, dass es von den Wänden widerhallt. Mit Genugtuung sehe ich, wie der kleine Mann erschrocken zusammenfährt und vor mir zurückweicht.

»Willst du dich über mich lustig machen? Über den armen, einfallslosen Künstler, der allein nichts zustande bringt? Ist es das?!«

Toulouse erhebt abwehrend die Hände, weicht weitere kleine Schritte zurück, ehe seine Waden gegen die Sitzfläche des Sofas stoßen.

»Noël, mein Freund –«

»Ich bin nicht dein Freund, Toulouse! Seit letzter Nacht bestimmt nicht mehr!«, fahre ich ihm über den Mund und durchmesse den Raum zwischen uns mit zwei langen Schritten. Es bringt Toulouse ins Taumeln und wie ein nasser Sack plumpst er hinterrücks auf die Sitzfläche der Couch.

Das Quietschen der Sprungfedern klingt wie groteske Schmerzensschreie. Er verharrt so wie er hingefallen ist in seiner Position. Wie ein Kaninchen, das den Fuchs wittert. Seine Stimme klingt belegt, als er zu sprechen ansetzt:

»Wovon redest du bitte?«

»Wovon ich rede? Von gestern Abend rede ich, von dir und Thujon!«

»Thujon?«

Der Name klingt so falsch aus seinem Mund.

Toulouse scheint für einen Moment seltsam irritiert, ehe sich eine Erkenntnis auf seinem fahlen Gesicht abzeichnet.

»Du meinst doch nicht etwa … gestern Abend in Louises Umkleide –«

»Natürlich meine ich das! Was soll ich sonst meinen? Ich habe euch *gesehen*!«

Meine Stimme bricht gen Ende des Satzes und schlägt um in ein heiseres Krächzen. Mit vor Wut zitternden Lippen starre ich auf den kleinen Mann hinab, der sich langsam auf der Couch aufrichtet. Die fleischige Hand fest vor den Mund gepresst.

»Was hast du gesehen?«, fragt er durch die Finger hindurch.

Ich muss einmal tief Luft holen, um mich zu beruhigen und ihn nicht mit beiden Händen an den Schultern zu packen und wie eine gottverdammte Lumpenpuppe einfach nur noch zu schütteln.

Zittrig ziehe ich die Luft in meine Lungen ein und atme stockend wieder aus.

»Thujon und dich. Zusammen in Louises Umkleide. Ihr habt *sehr* vertraut miteinander gewirkt.«

Langsam sinkt seine Hand. Schwer und leblos baumelt sie zwischen seinen Knien. Er lässt den Kopf sinken, starrt ausdruckslos auf die Dielenbretter.

»Woher kennt ihr euch?«, bohre ich weiter und verschränke die Arme vor der Brust.

Ein tiefes Seufzen erfüllt den Raum.

»Ich wusste nicht einmal, dass er Thujon heißt. Mir hat er sich damals unter einem anderen Namen vorgestellt.«

Toulouse zieht hilflos die Schultern hoch, als er seinen Blick von den Dielen löst und zu mir aufblickt. Die Mundwinkel sind zu einem entschuldigenden Lächeln verzogen. Am liebsten würde ich ihm dieses Lächeln aus der verlogenen Visage schneiden.

»Woher?«, fauche ich und habe das Gefühl, jeden Augenblick vor angestauter Wut zu platzen wie ein Dampfkessel.

Mit einem erneuten Seufzer fährt sich Toulouse durch die wirren Locken und legt den Kopf in den Nacken.

»Wir sind alte Bekannte. Dein *Thujon* und ich.«

»Oh, wie schön. Und da habt ihr eure alte Freundschaft gestern Abend wiederaufleben lassen, was?«

»Ich habe ihn seit Jahren nicht mehr gesehen.«

»Aber natürlich.«

»Es ist die Wahrheit, Noël. Aber gestern Abend … nach der Sache mit Louise –«

»Was war mit Louise?«, unterbreche ich ihn schroff und

lasse mich mit noch immer eisern verschränkten Armen auf den Stuhl ihm gegenüber sinken.

Toulouse sieht in diesem Moment aus wie ein getretener Hund. Die braunen Augen wirken dumpf und leer. Wie am vergangenen Abend scheint er beim Klang dieses Namens gänzlich in sich zusammenzusacken.

»Der Lauf der Welt war mit Louise«, ringt er sich schließlich diese diffuse Erklärung ab und zieht hörbar die Nase hoch. Die roten Augen wirken wieder wässrig.

»Gefeierte Stars gehen keine Liebesaffären mit kleinwüchsigen, ungestalten Künstlern ein, Noël. Ist schlecht fürs Geschäft. Ich mache mich nicht besonders gut auf Werbeplakaten, weißt du?«

Er wirkt wahnsinnig verloren in seinem, obwohl maßgefertigt, viel zu groß wirkenden Anzug. Als wolle er in die Lagen aus Stoff hineinkriechen und nie wieder herauskommen. Er tut mir fast leid. Aber eben nur fast.

Entschlossen schiebe ich die melancholischen Gedanken beiseite.

»Du scheinst ja sehr schnell einen Ersatz für *deine* Louise gefunden zu haben.«

Toulouses Kopf schnappt nach oben wie ein Schachtelteufel.

»Wage es nicht, Louise in den Dreck zu ziehen! Er könnte niemals ein Ersatz für sie sein!«

»Verständlich, dass du das jetzt sagst.«

»Noël, bitte! So lass doch vernünftig mit dir reden. Ich hatte keine Ahnung, dass ihr zwei …«

Toulouse ist den Tränen nahe und wie ein Phantom huscht für einen Sekundenbruchteil das weinende Gesicht Louises durch meinen Geist.

Sag ihm, es tut mir so unsagbar leid.

»Wir haben uns zufällig in der Music Hall getroffen und er hat … mich getröstet«, fährt Toulouses bebender Bariton fort und seine Stimme wird von Wort zu Wort brüchiger.

»So verwerflich und falsch das auch gewesen sein mag, ich war froh, in diesem Moment nicht allein gewesen zu sein. Kannst du das nicht verstehen?«

Die kleine Gestalt ruckt hilflos mit den Schultern und wird nur noch mehr von ihrem Jackett gefressen.

Er ist dünner geworden, realisiere ich nach einigem Hinsehen. Deswegen passen ihm seine Anzüge nicht mehr.

Und das alles wegen …

»Louise hat mich gebeten, dir etwas auszurichten«, murmele ich und versuche, das Abbild des weinenden Music Hall Stars aus meinen Gedanken zu verjagen. Als habe jemand den kleinen Körper unter Strom gesetzt, richtet Toulouse sich blitzartig auf und reißt die dunkel umrandeten Augen auf, dass es aussieht, als würden sie ihm jeden Augenblick aus den Höhlen fallen. Unstet flackert sein Blick über mein Gesicht. Wie der Schein einer Kohlebogenlampe.

»Was … wann … wo hast du sie getroffen? Was hat sie gesagt?«, stammelt er und ringt mühsam beherrscht die Finger in seinem Schoß.

»Als du nicht zu Louises zweitem Auftritt zurückkamst, habe ich dich hinter der Bühne gesucht und Louise dort getroffen«, entgegne ich matt. »Ich soll dir sagen, dass es ihr unsagbar leidtut.«

Er lässt den Kopf hängen und vergräbt das bärtige Gesicht in seinen Händen.

»Toulouse, es –«

»Wie lange geht das schon? Mit Thujon und dir?«, murmelt er in seine Handflächen und ich halte in meinem Versuch inne, ihn zu berühren.

»Seit etwa einem Monat.«

»Das dachte ich mir.«

Unsagbar langsam erhebt sich Toulouse aus den Tiefen seiner Hände und sieht mit einem wissenden Lächeln zu mir herüber. Es ist ein Lächeln, das mir die Nackenhaare aufstellt.

»Das ist in etwa die Zeit, in der du wieder zu malen angefangen hast, richtig?«

Ich brauche ihm diese Frage nicht zu beantworten. Die bunten Leinwände, die sich in meinem Atelier angesammelt haben, würden jedwedes Abstreiten ad absurdum führen.

»Noël.«

Toulouses Stimme hat einen schneidenden Tonfall angenommen. »Es mag aus meinem Mund seltsam klingen, dies zu sagen, aber bitte, suche nicht mehr Thujons Nähe.«

»Ts«, schnalze ich abschätzig mit der Zunge und habe das Bedürfnis, laut über diese irrwitzige Aussage zu lachen. Toulouse verzieht unbeeindruckt die Mundwinkel.

»Glaub mir bitte. Wie ich bereits sagte, ich kenne ihn seit Jahren.«

Erst jetzt erkenne ich den Irrsinn in seiner Aussage.

»Wie kannst du behaupten, ihn seit Jahren zu kennen? Du kanntest noch nicht einmal seinen richtigen Namen! Toulouse, ich kenne ein Dutzend deiner Freunde, seit zwei Jahren kommen und gehen sie und nie, nicht auch nur ein einziges Mal –«

»Eben drum, Noël. Eben drum«, unterbricht er mich und steht ruckartig von der Couch auf.

»Er ist niemand, mit dem man sich allzu lange abgeben sollte. *Thujon* –«

Er stockt kurz, als er seinen Namen überbetont.

»Er ist kein guter Einfluss. Weder für dich noch für mich. Das ist alles.«

»Weil du ihn ganz allein für dich haben willst, das ist es doch!«

Die Brauen über den an den Rändern beschlagenen Brillengläsern ziehen sich so stark zusammen, dass sich eine tiefe Furche auf seinem Nasenrücken bildet.

Er atmet hörbar aus.

»Ich dachte, nach all den Jahren würdest du mich besser kennen.«

Ohne mich auch nur noch eines weiteren Blickes zu würdigen, richtet er seine Kleider und schickt sich an, das Atelier zu verlassen.

»Soll ich François um eine Verschiebung der Ausstellung bitten, bis du dich wieder etwas … gefangen hast?«, fragt er Richtung Tür. »Du siehst fürchterlich aus und ein drittes Mal werde ich dich mit Sicherheit nicht vom Boden auflesen.«

Entschieden schüttele ich mit dem Kopf und blicke hinüber zu den tiefgrünen Punkten auf der ansonsten weißen Leinwand.

»Nein, danke. Du musst François um nichts bitten. Es ist sowieso nur noch ein Bild übrig, das ich vollenden muss.«

Ohne ein weiteres Wort schließt Toulouse die Tür.

Kapitel 13

Dumpf hallen die unbeholfenen Schritte des kleinen Mannes durch das Treppenhaus. Das laute Zuschlagen der Haustür im Parterre lässt mich unvermittelt aus meiner Starre erwachen und hektisch wische ich mir mit dem Handrücken über die Augen. In mir brodelt es.

François um ein Aufschieben der Ausstellung bitten?

Nur über meine Leiche!

So weit kommt es noch, dass *Toulouse* noch einmal jemanden um meinetwillen um etwas bitten muss. Allein die bloße Vorstellung, wie er François bekniet und mit seinem Charme umgarnt, doch die Ausstellung um ein paar läppische Tage aufzuschieben, da der junge, unerfahrene Grünschnabel mit seinen gottverdammten Bildern nicht rechtzeitig fertig geworden ist, lässt mir Gallensaft die Kehle hinaufkriechen.

Mühsam schlucke ich den brennenden Geschmack wieder hinunter. Mir ist, als würde ich Säure trinken.

Nein, so weit wird es niemals kommen.

Diesen Triumpf gönne ich dir nicht, Toulouse.

Entschlossen greife ich nach der Palette mit den erbärmlichen, dick angetrockneten Resten Scheelschen Grüns. Verdammter Mist, das wird eine Arbeit werden, die Farbe wieder flüssig zu bekommen.

Meine Finger fahren über das schiefe Regal und bleiben

schließlich an der Flasche Farbverdünner hängen, greifen begierig nach ihr. Kaum habe ich den Kronenstöpsel ein wenig angehoben, breitet sich auch schon der beißende Gestank von Terpentin in meinem Atelier aus. Eine brechreizerregende Wolke.

Nun denn.

Vorsichtig beginne ich, die stinkende Flüssigkeit auf die Kraterlandschaft aus Farbe zu tropfen, unentwegt mit dem Ende meines Pinsels in der klumpigen Masse rührend. Immer weiter, immer mehr. Es ist eine so zeitfressende Angelegenheit.

Der Gestank breitet sich immer penetranter aus. Setzt sich überall fest und treibt mir die Tränen in die Augen.

Die dicken, grünen Klumpen verwandeln sich nur quälend langsam wieder in eine halbwegs geschmeidige Masse.

Tief ausatmend setze ich den Stöpsel wieder auf die Flasche und beginne vorsichtig, diesmal mit den Borsten des Pinsels, die letzten gestockten Farbreste unterzurühren. Nach unzähligen Wiederholungen endlich zufrieden mit der Konsistenz, hebe ich ruckartig den Blick. Ein schiefes Lächeln zerrt an meinen Mundwinkeln.

Da ist es ja wieder. Das weiße Monstrum.

Dort drüben steht es. Nichts weiter als Weiß, durchbrochen von ein wenig Grün. Und es grient mich hämisch an.

Aber nicht mehr lange!

Entschlossen trete ich auf die Staffelei zu und hole mit dem Pinsel aus.

Die Farbe tanzt wie ein Irrwisch über die weiße Fläche. Füllt sie. Verdeckt das Weiß.

Es soll endlich verschwinden.

Mein Kopf fühlt sich ungewohnt wattig an. Die ekelhaften Dämpfe des Terpentins wabern noch immer durch den Raum, doch es macht mir nichts aus. Vielmehr ist es wie die Erinnerung an eine vergangene Nacht, die über den noch warmen Laken schwebt.

Das Weiß stirbt.

Es ist so eine Freude. Das letzte Bild.

Der Pinsel schwebt über die Leinwand, übermalt Strich um Strich den letzten Zeugen meines Unvermögens. Es ist nicht mehr so wie damals, als meine Hände sich anfühlten, als würden Gewichte an ihnen hängen und sie zu Boden zerren. Meine Hände sind leicht, beinah schwerelos.

Zufrieden trete ich von der Staffelage zurück.

Doch das breite Lächeln erstirbt schlagartig und verhärtet sich zu einer Maske, meine Kehle zurrt sich zusammen.

Nein.

Langsam lasse ich den Pinsel sinken und starre ungläubig auf die bemalte Leinwand. Was ich sehe, lässt das kurze Hochgefühl binnen eines Herzschlages verebben.

Nein, nein, nein!

Das darf nicht wahr sein!

Die verdammte Farbe. Sie passt nicht.

Fassungslos betrachte ich den Farbkontrast. Mit jedem weiteren Wimpernschlag kommt er mir härter und inkompetenter vor.

Das sündhaft teure Scheelsche Grün. Fast zur Gänze habe ich es aufgebraucht für dieses eine Bild und trotzdem.

Die Farbe ist zu hell. Das Terpentin hat sie zu sehr verdünnt. Es passt einfach nicht.

Meine Pupillen sind wie festgenagelt an dem verhunzten Farbverlauf, ich muss mich zwingen, mich von dem

Anblick loszureißen, und blicke suchend umher, bis ich endlich die fast geleerte Pigmentphiole entdecke. Vorsichtig nehme ich sie zwischen Daumen und Zeigefinger und drehe sie langsam hin und her. Die wenigen Pulverreste flirren durch den kleinen Glaskolben und erinnern mich an den künstlichen Schneesturm in einer Glaskugel.

Die Einsicht schlängelt sich durch meinen Körper und bringt die mir so altbekannten Gefühle der Angst mit sich.

Das bisschen ist zu wenig.

Das wird im Leben nicht reichen.

Es klirrt laut und hell, als die Phiole auf den Dielenbrettern aufschlägt und entzweispringt. Überall verteilen sich kleine Glassplitter, vermischen sich mit den flirrenden Pigmenten. Zusammen bilden sie einen feinen Film auf den abgeschabten Dielen.

Luft! Ich brauche Luft! Ich ersticke noch hier drin.

Umständlich klettere ich auf den wackeligen Hocker unter der Deckenschräge und reiße alle Fenster auf.

Ein Schwall kühler Luft schlägt mir entgegen. Er bringt mich für einen Moment ins Wanken, kurz ist alles schwarz vor meinen Augen und es hämmert schwer in meinen Ohren.

»Was für eine Verschwendung. Das teure Scheelsche Grün.«

Beim Klang der Stimme falle ich beinah hinterrücks vom Hocker.

So schnell es mir möglich ist, wirble ich herum, ignoriere die wild vor meinen Augen umhertanzenden schwarzen Punkte und will es einfach nicht glauben.

Die Tür steht offen.

Thujon ist vor den erbärmlichen Farbresten auf dem

Boden in die Hocke gegangen, fährt einmal mit seinem Zeigefinger über den feinen Staubfilm und hält mir die grüne Fingerkuppe mit einem anklagenden Gesichtsausdruck entgegen.

»Du hast dir diese Farbe doch im Leben nicht selbst leisten können. Und dann wirfst du sie so achtlos weg?«

Mit bewusst langsamen Bewegungen richtet er sich auf und pustet den grünen Staub von seinem Finger.

Meine Knie zittern und meine Hände beben. Steif und schwerfällig klettere ich den Hocker hinab, in der Angst, jeden Augenblick hinabzustürzen.

Ich antworte ihm nicht. Wortlos gehe ich an ihm vorbei an den Tisch und beginne ein weiteres, vollkommen unnötiges Mal, die Farbe auf der Palette zu durchmischen.

Es bringt mir einen schiefen Seitenblick ein.

»Was hast du?«, fragt Thujon und verschränkt abwartend die Arme hinter seinem dunklen Lockenkopf.

Ich rühre weiter.

»Ich habe gar nichts.«

Der Pinsel zieht weiter seine Runden durch eine perfekt homogene Farbe. Er hätte diese Bewegung auch noch für eine ganze Weile ausgeführt, wenn Thujon nicht mit zwei großen Schritten zu mir herübergetreten wäre und mir den Pinsel aus der Hand gerissen hätte.

»So sieht das für mich aber nicht aus.«

Mit der flachen Hand knallt er den Pinsel auf die Tischplatte. Farbe spritzt umher. Ich zucke zusammen.

»Nun sag schon«, bohrt er weiter und warme Hände ergreifen meine Schultern. »Was ist geschehen, dass du so wortkarg bist?«

Der Griff um meine Schultern wird fester, sie fühlen

sich an, als hätte Thujon sie in einen Schraubstock eingespannt, und ich muss mich zwingen, nicht mehr meine Füße anzustarren.

»Ich habe euch gesehen. Dich und Toulouse.«

Jedes einzelne Wort tut weh.

Thujon neigt leicht den Kopf zur Seite. Eine verirrte Locke streift sanft seine Wange und lässt ihn mehr denn je wie einen spitzbübischen Jungen aussehen. Doch dazu wollen die zusammengezogenen Augenbrauen nicht passen.

»Du hast uns also gesehen«, murmelt er und neigt den Kopf noch ein wenig mehr, als müsse er versuchen, ein schiefes Bild in seinem Kopf geradezurücken.

»Und wo hast du uns gesehen?«

Meine Stimme beginnt zu zittern.

»Im *Montagnes Russes*.«

Die verschwommenen Bilder von Toulouse in Thujons Armen, der Geruch nach alten Dielenbrettern, Parfum und Make-up. All das ist von einer Sekunde auf die andere wieder da.

Reiß dich zusammen! Reiß dich einmal in deinem Leben zusammen, Noël!

»Er sagte, du hättest dich ihm unter einem anderen Namen vorgestellt. Aber das warst eindeutig du«, fahre ich mit etwas ruhigerer Stimme fort und versuche, mich von den inquisitorischen Blicken und den süffisant verzogenen Mundwinkeln nicht allzu sehr aus der Fassung bringen zu lassen. Ich hole tief Luft: »Wie heißt du wirklich?«

Sein typisches Lachen erklingt. Doch ist es diesmal seltsam schwerfällig und hohl. Kaum mehr das helle Lachen eines Kindes.

»Ich habe viele Namen«, entgegnet er lapidar und endlich entlässt er mich aus seinem Griff. Unwillkürlich reibe ich mir mit den Händen über die schmerzenden Schultern.

»Nur einer wäre mir zu langweilig. Für dich bin ich Thujon. Gib dich damit zufrieden.«

»Ich gebe mich in keinerlei Weise damit zufrieden!«

Die Worte kommen lauter und härter über meine Lippen als beabsichtigt, aber ich bereue es nicht. Immerhin bringt es Thujon zumindest für einen kurzen Moment ein wenig aus dem Konzept. Er hebt den Kopf und streicht sich mit ausdruckloser Miene die unbändige Strähne hinter die Ohren.

»Ebenso wenig gebe ich mich damit zufrieden, dass du und Toulouse … dass ihr …«

Meine Hände sind zu Fäusten geballt, so fest, dass die Knöchel der Finger weiß und schmerzend durch die Haut treten.

Die Bilder. Diese schrecklichen Bilder. Toulouse in Thujons Armen. Thujon, wie er ihn an seine Brust zerrt, über seine Haare streichelt, ihn –

»*Wie konntest du mir das antun*?!«

Das Atelier wirkt seltsam still. Keinerlei Geräusch. Einfach nur Stille.

Ein Ausdruck aufrichtiger Verwirrung tritt auf Thujons Gesicht und fragend schlägt er die Augen auf.

»Wie konnte ich dir *was* antun?«

»Ihn zu küssen!«

Das viel zu tiefe Lachen, das sich aus seiner Brust Bahn bricht, kriecht mir in sämtliche Glieder und lässt mich frösteln. Es klingt so falsch. Doch er lacht immer weiter, immer gellender.

»Ach daher weht der Wind. Ich verstehe.«

Affektiert wischt er sich eine imaginäre Lachträne aus dem Augenwinkel.

»Amüsant. Wirklich amüsant. Deine kleinen Eifersüchteleien sind in der Tat sehr erheiternd, Noël.«

»*Erheiternd*?!«

Ich ringe nach Worten und noch viel mehr um Fassung.

»Aber ich dachte … ich dachte, dass wir beide … dass wir so etwas wie –«

»Ich an deiner Stelle würde mir jedwedes weitere Aufflammen von Eifersucht verkneifen, mein Lieber«, fährt mir Thujon grob über den Mund und verzieht spöttisch die Mundwinkel. Sein Blick wandert an meinem Körper herauf und wieder herunter. Abschätzend. Musternd.

»Gemäß dem Falle, dass du deine Bilder in der knapp bemessenen Zeit vollenden willst, natürlich«, setzt er kaum hörbar nach und zieht fragend eine seiner dunklen Brauen in die Höhe.

»Was soll das werden?«, entgegne ich sofort und habe das Gefühl, seine Worte haben sich wie ein Strick um meine Kehle gelegt. »Eine Drohung?«

»Von mir aus.«

Thujon vollführt eine wegwerfende Handbewegung. Als würde er nervendes Geschmeiß verscheuchen wollen. »Nenn es so, wenn es dir gefällt.«

Er durchmisst den wenigen Raum zwischen uns. Mit der mir so vertrauten Selbstverständlichkeit beugt er sich zu meinem Gesicht herab, ich kann seinen Atem über meine Wangen tanzen spüren und doch ist die Gänsehaut, die mir dieses Gefühl bereitet, in keinerlei Weise die von Vorfreude. Er hält wenige Millimeter vor meiner Wange inne. So, als wolle er sie küssen.

»Mein lieber Noël, wir wissen doch beide, wem du es zu verdanken hast, dass dich nicht mehr Tag um Tag die gähnende Leere von der Leinwand her anstarrt.«

»Ich kann sehr gut allein malen, Thujon.«

»Ach, kannst du das?«

Die Wärme verschwindet von meiner Wange. Thujon tritt ruckartig zurück, streicht sich einmal mit den Händen durch die Haare und geht hinüber zu der mittlerweile über und über mit Leinwänden beladenen Couch.

Ein kalter Stich durchfährt mich, als seine Finger nach der Leinwand mit der Aussicht aus meinem Atelier greifen. Prüfend hält er es hoch und betrachtet das Gemälde. Zunächst kaum hörbar, verfällt er in ein sich beständig steigerndes Kichern.

»Du hast *deine* Drohung also tatsächlich wahr gemacht und diese Abnormität in Öl gemalt.«

Seine rechte Hand lässt den Keilrahmen los und fährt sanft mit den Fingerkuppen über die getupften Wolken.

»Sieh dir das an!«

Hart schlägt seine Rückhand gegen die Wolkenfläche und ich kneife die Augen zusammen.

Die Leinwand wird zerreißen!

»Thujon, ich bitte dich, lass –«

»Dieser Farbverlauf.«

Ein Schlag gegen die Leinwand.

»Der Farbauftrag.«

Ein weiterer Schlag. Ein jeder ist eine Ohrfeige.

Achtlos wirft Thujon den Keilrahmen zurück an seinen ursprünglichen Platz, an dem er mit dicken Beulen im Stoff liegen bleibt.

Er soll aufhören. Bitte … einfach nur damit aufhören.

Ich will ihn anschreien, ihn bei den Schultern packen und schütteln und ihm befehlen, endlich aufzuhören, doch bringe ich keinen Ton heraus. Meine Füße sind kalt und starr an die Dielenbretter genagelt. Nur meine Augen scheinen noch ihren Dienst zu tun und folgen einer jeden von Thujons Bewegungen. Und Thujon ist noch nicht fertig.

Mit prüfendem Blick und vor den Mund gepressten Zeigefinger tritt er vor die aufgespannte Leinwand. Seine Bewegungen sind unsagbar langsam und abgehackt. Die leiernden Bewegungen einer auslaufenden Laterna Magica.

Sein Finger löst sich von seinen Lippen, streicht über die grüne Fläche und schmiert die noch nicht einmal im Ansatz getrocknete Farbe tief hinab in die Bildmitte.

»Die Farbe deckt nicht.«

Thujon spricht es in die Leinwand hinein, doch ist jedes Wort unsagbar laut und hallend.

»Du hättest das bisschen teure Malfarbe vielleicht doch nicht so gedankenlos wegwerfen sollen.« Er wischt den letzten Rest Farbe am unteren Rand der Leinwand ab. »Das ist alles nur gepfuscht, mein Lieber.«

Schlagartig wendet er sich von der Staffelei ab. Mit einem Ausdruck auf dem Gesicht, als könne er ihren schieren Anblick nicht länger ertragen.

»Das ist alles Pfusch.«

Mein Körper ist noch immer wie erstarrt. Ich verstehe nicht … Was passiert hier denn nur?

»Thujon, ich weiß, dass die Farbe nicht deckt, aber ich denke, dass –«

»Was denkst du, Noël? *Was*? Dass du das noch irgendwie geradebiegen kannst? Wie denn bitte?«

Sein fein polierter Schuh tritt knirschend auf die Scherben der Phiole.

»Mit dem Rest Pigment wäre es vielleicht möglich gewesen, aber so?« Vehement schüttelt er den Kopf und stemmt die Hände in die Hüften. Der Blick, den er mir zuwirft, schneidet durch Mark und Bein.

»Wenn du meine Hilfe offensichtlich nicht mehr willst, dann kann ich ja gehen.«

»Was? Nein, wie meinst du das? Gehen?«, frage ich perplex und kann die Bedeutung seiner Worte im ersten Schreck nicht verarbeiten.

Gehen? Wieso gehen? Gehen wohin?

»Thujon, ich habe doch gar nicht gesagt, dass –«

»Taten sprechen oftmals mehr als Worte«, zischt Thujon dunkel und tritt an mir vorbei, bei einem jeden seiner Schritte knirscht Glas unter seinen Füßen. »Wenn du meiner Hilfe überdrüssig bist, sehe ich keinen Grund mehr, länger hierzubleiben.«

Er hat bereits auf dem Absatz kehrtgemacht und wendet sich der Tür zu, als endlich, endlich mein Körper seine Starre abwerfen kann und meine Beine sich wieder bewegen. Panisch haste ich auf den in schwarz gekleideten Rücken zu, schlinge meine Arme um die schmale Gestalt vor mir und presse mein glühendes Gesicht in den feinen Stoff.

»Nein, bitte … bleib! So bleib doch!«

Meine Worte sind nur noch ein heiseres Gurgeln, das in den Falten des Stoffes untergeht.

Thujon ist stocksteif in meiner Umarmung.

Meine Arme pressen den dünnen Körper immer fester an den meinen, so fest, dass mir selbst die Luft wegbleibt, doch es ist mir egal. Alles ist mir egal, solange Thujon nur bei mir bleibt.

»Bitte verlass mich nicht.«

Meine nasse Wange ruht an seiner Schulter. Er rührt sich noch immer nicht.

»Du willst also, dass ich bleibe?«, durchschneidet er endlich die unerträgliche Stille und erleichtert atme ich auf, dass er wieder mit mir spricht.

Heftig nicke ich, spüre, wie der Stoff an meiner Wange entlangschrammt.

»Warum sagst du mir dann, dass ich gehen soll?«

»Thujon, das habe ich doch gar nicht gesagt. Das warst doch du …«

Mit enormer Kraft reißt sich Thujon aus meiner Umarmung, wirbelt herum und greift nach einem meiner Handgelenke.

Was geschieht hier?

Eine tiefe Furche durchschneidet seinen Nasenrücken. Die Stirn ist ebenfalls in tiefe Falten geworfen und sein Mund nicht viel mehr als der so sehr von mir gefürchtete, Gift spuckende Schlitz.

Noch bevor ich begreifen kann, was mit mir geschieht, merke ich, wie er auch mein anderes Handgelenk ergreift. Wie ein Leopard, der seine wehrlose Beute einen Baum hochreißt, werde ich Richtung des Bettes gezerrt.

»Thujon … es tut mir so leid, ich will nicht, dass … dass du gehst«, entfährt es mir zittrig.

»Dann hättest du dieses Werk niemals erschaffen sollen«, zischt es mir heiß und viel zu nah entgegen. Meine Waden werden gegen das Bettgestell gedrückt, dass ich nur noch nach hinten fallen kann. Wie in Trance kippe ich nach hinten über und spüre die Erleichterung, dass sich ein Abstand zwischen seinem und meinem Körper bildet. Doch dieses Gefühlt versiegt in dem Moment, als mein

Rücken die quietschende Matratze erreicht und er sich mit seinem kompletten Gewicht auf mich legt.

»Du willst also, dass ich bei dir bleibe, aber denkst gleichzeitig, ohne mich etwas erschaffen zu können? Lächerlich ist das, Noël. Sieh dir an, was du geschaffen hast.« Er ruckt einmal mit dem Kopf in Richtung der Leinwände. »Das ist Dreck, der die Leinwand besudelt!«

Bei den letzten Worten löst sich die Klammer um mein linkes Handgelenk und wird um meinen Kopf gespannt, um ihn Richtung der sich stapelnden Leinwände zu drehen.

»Du tust mir weh, Thujon«, zische ich mit versagender Stimme zwischen fest aufeinandergepressten Kiefern hindurch. Doch er registriert meine Verzweiflung nicht. Der Griff um mein rechtes Handgelenk versteift sich mehr und mehr, während mein Kopf immer weiter in die Matratze gepresst wird.

»THUJON, DU BRICHST –«

»Du hast Schmerzen? Gut, dann fängst du jetzt vielleicht endlich an, aus deinen Fehlern zu lernen.«

Ruckartig dreht er mein Gesicht in die andere Richtung, sodass ich mit meinem Körper mitgehen muss, um das alles beendende Knacken im Hals zu verhindern. Mein Handgelenk schmerzt fürchterlich in dem Moment, da ich auf den Bauch herumgerissen werde. Sein heißer Atem fährt mir in den Nacken und eine kalte, mir gänzlich unbekannte Stimme flüstert in mein Ohr: »Lernen durch Schmerz, mein Lieber. Lernen durch Schmerz.«

Alles verschlingende Panik flammt in mir auf. Mein Gürtel wird durchgeschnitten und die Hose Richtung Knie gezogen.

Mein Herz schlägt mir bis zum Hals und doch rühre

ich mich nicht, wage kaum zu atmen, geschweige denn, mich zu wehren. Das Messer, das den Gürtel in zwei Hälften geteilt hat, mag auch andere Dinge zerschneiden können. Aus dem Augenwinkel erkenne ich, dass es mein Malmesser ist.

»Warum so schweigsam? Solltest du nicht in Begeisterungsstürme verfallen? Nun, da ich bei dir bleiben werde?«, meldet sich diese fremde Stimme wieder. In meinem Kopf beginnt sich alles zu drehen, während der Druck durch Thujons Hand auf meinem Kopf und der zurückgekehrte Klammergriff an meinem Handgelenk noch fester werden. Sein Atem in meinem Nacken geht immer schneller.

»Wir wissen beide, dass du ohne mich nicht mehr malen kannst.«

Und mit diesen Worten spüre ich nur noch einen stechenden Schmerz, der sich bis hoch in meinem Kopf bohrt.

»Dass du ohne mich nicht mehr kannst«, faucht Thujon heiß in mein Ohr, während mir langsam endlich das Bewusstsein entgleitet.

Alles verschwimmt und verwackelt um mich herum, ich habe keinerlei Gefühl mehr für Zeit und Raum.

Irgendwann hebt sich das Gewicht von meiner Wirbelsäule, verebbt das Stechen und Ziehen und geht über in ein dumpfes Pochen.

Schemenhafte Bilder zucken vor meinen umherflackernden Pupillen umher. Wie er seine Sachen zusammenklaubt und sich anzieht. Ich kämpfe nur noch damit, die Tränen zurückzuhalten, bis er endlich hinausgetreten ist.

Kapitel 14

Dröhnen.

Immer lauter, immer dumpfer wütet es hinter meinen Schläfen, geht dann und wann über in ein schrilles Surren, als würde der Nachtexpress aus Lyon direkt durch meinen Schädel rattern.

Mit flatternden Lidern schlage ich die Augen auf, kneife sie im selben Augenblick jedoch wieder fest zusammen.

Wie sehr hatte ich gehofft, die Augen zu öffnen und erleichtert festzustellen, dass nichts von dem, was letzte Nacht geschehen ist, wirklich war. Doch diese Gnade ist mir nicht vergönnt. Noch nicht einmal der Trost des Vergessens. Kaum erwacht, fluten die Erinnerungen zurück in meinen Geist. Der Schlaf hat sie nicht vertreiben können. Lediglich betäubt.

Meine Knochen schmerzen. Jede Bewegung tut weh.

Ich muss mich zusammenreißen und meinen Körper dazu zwingen, die Bewegungen auszuführen, die ich so verzweifelt von ihm verlange.

Schwerelos gleitet das dünne Laken von meinen Schultern, als ich mich aufrichte, und es sammelt sich wie ein Wasserfall aus Leinen in meinem Schoß. Mein Blick folgt dem dünnen Stoff und wandert unweigerlich meinen Körper hinab. Blutergüsse und blaue Flecke. Überall auf meiner Brust. Mit etwas Fantasie kann man an den

Oberarmen sogar noch die Spuren von Thujons Fingern ausmachen.

Allein der Gedanke an seinen Namen jagt mir wie ein Gespenst durch alle Glieder und bringt mich dazu, mit knackenden Gelenken von der Couch zu fliehen. Das Laken, an dem noch immer sein Geruch haftet, rutscht sanft auf den Boden. Mir wird schwindlig und der penetrante, alles übertünchende Geruch bereitet mir Übelkeit. Eisern presse ich mir die Hand vor den Mund, um das aufkommende Gefühl, mich hier und jetzt übergeben zu müssen, herunterzuschlucken. Kaum beuge ich mich vornüber, fährt ein sengender Schmerz meine Wirbelsäule hinauf bis in meinen Scheitel. Starr vor Schmerzen verharre ich einige tiefe, rasselnde Atemzüge lang in dieser verkrümmten Position und versuche, sowohl den Brechreiz als auch das fürchterliche Brennen wegzuatmen.

Atmen. Meine Lider zittern. Mir ist speiübel. Einfach weiter atmen.

Die Dielenbretter verschwimmen hinter einem nebligen Tränenvorhang. Vorsichtig versuche ich mich aufzurichten. Der Schwindel und die Übelkeit lassen langsam nach. Der Schmerz nicht.

Ohne es zu wollen, ohne es beeinflussen zu können, beginnen meine Beine zu zittern. Als würden meine Knie nicht mehr genug Festigkeit besitzen, meinen Körper aufrecht zu halten. Unbeholfen wanke ich hinüber zum Tisch, halte jedoch inne, als ich bemerke, wie etwas Warmes, Klebriges an der Innenseite meiner Oberschenkel hinabrinnt.

Mein Blick wandert mein Bein hinab und erneut kriecht mir etwas Saures die Kehle hinauf und lässt mich würgen.

Ein feiner Blutfaden rinnt mein Bein hinab und bringt mich dazu, in einer viel zu schnellen Bewegung, die mir erneut wie ein Stich mit einem glühenden Eisen durch den Unterleib fährt, herumzufahren und auf die zerwühlten Laken auf der Couch zu starren.

Die Flecken sind bereits getrocknet. Sie erinnern an die Spuren meines alten Malwassers. Rostbraun. In vielen kleinen Flecken und Striemen zieht sich die Farbe über das weiße Leinen.

Das Zittern in meinen Beinen wird stärker, bemächtigt sich meines gesamten Körpers, bis es letztlich mein Gesicht erreicht und ich beiße mir so hart auf die Unterlippe, bis der metallische Geschmack von Blut meinen Mund erfüllt.

Nicht hinsehen. Nicht mehr daran denken. Nicht denken!

Das Dröhnen begleitet mich bei jedem Schritt. Wie von Sinnen stelle ich die alte Waschschüssel neben der Couch auf den Tisch. Das Wasser ist abgestanden und schmeckt faulig, als ich es mir ins Gesicht spritze. Ich habe keinerlei Erinnerung mehr daran, wann ich es das letzte Mal getauscht habe. Zittrige Finger fahren mit dem vor Schmutz starren Waschlappen die Innenseite meines Oberschenkels entlang. Das Wasser färbt sich rostrot. Schwer atmend muss ich mich an der Tischkante abstützen, den blutverschmierten Waschlappen noch immer fest in meiner Hand verkrallt. Bunte Punkte tanzen wirr vor meinen geschlossenen Lidern hin und her, auf und ab, wie wild im Kreis. Mein Atmen geht ruckartig und viel zu schnell. Es hämmert und pocht in meiner Kehle.

Mühsam öffne ich die Augen. Es braucht einige Sekunden, bis meine Pupillen die Brühe in der Waschschüssel fokussieren.

Mit einer einzigen weit ausholenden Bewegung fegen meine Arme das Waschgeschirr vom Tisch. Klirrend schlagen Kanne und Teller gegen die Wand, werden in hunderte kleine Scherben zersprengt, die sich über die klebrigen Dielen ergießen. Das dreckige Wasser spritzt in einer einzigen Fontäne die Tapete hoch. Dicke Tropfen rinnen langsam die Wand hinab und fressen sich, kaum auf dem Boden angekommen, in die unzähligen Risse und Fugen.

Poltern und Rufen erklingt von der Etage unter mir. Reglos verharre ich in der Position.

Atmen.

Noch immer hängt das Geräusch zerberstenden Porzellans in meinen Ohren.

Anziehen. Anziehen und weitermachen.

Als würden sie an seidenen Fäden hängen, beginnen meine Finger meine Kleider vom Boden zusammenzuraffen. Bei jeder Regung zucken Blitze meinen Rücken hinauf, doch irgendetwas in mir veranlasst mein Gehirn dazu, sie beinah gänzlich auszublenden, bis sie nichts weiter sind, als eine störende Randerscheinung. Ein kurzes Aufblitzen in der Peripherie meines Bewusstseins.

Das Hemd ist knittrig, die Hose ebenfalls. Es interessiert mich nicht. Die Marionettenfinger haben Probleme, die kleinen Knöpfe zu schließen und die Schnürsenkel der Schuhe zu binden.

Schwer ausatmend werfe ich den Kopf in den Nacken, gehe mir mit beiden Händen über das Gesicht, als es mir endlich gelungen ist. Ein lauer Wind, eigentlich viel zu warm für diese Jahreszeit, weht durch das nur einen Spaltbreit geöffnete Dachfenster zu mir herein und fährt mir durch die Haare. Beinah tröstend, wie eine kühle Hand.

Das Quietschen des kaputten Türscharniers hinter mir lässt mich hochfahren und die geschlossenen Lider augenblicklich wieder aufreißen. Mit sich heftig hebender und senkender Brust wirble ich herum und blicke direkt in das verschreckte Gesicht von Madeleine. Wie ein körperloser Geist schwebt es bleich im dunklen Türrahmen.

Als sie meinen Blick bemerkt, bleibt sie einen Augenblick in der halb geöffneten Tür stehen, ehe sie sich einen sichtlichen Ruck gibt und eintritt. Unschlüssig streicht sie sich wieder und wieder dieselbe aschblonde Haarsträhne aus dem Gesicht. Selbst als diese schon längst ihren Platz hinter Madeleines Ohr gefunden hat.

»Gott, hast du mich erschreckt«, atme ich rasselnd aus, unfassbar erleichtert, dass sie es ist und nicht Thujon. Doch was will sie hier?

Sogleich ziehe ich die Schultern hoch und mache eine fragende Handbewegung, da Madeleine noch immer jedwede Erklärung vermissen lässt.

»Was möchtest du, Madeleine?«

»Noël, ich …«

Die sonst so rauchige Stimme klingt seltsam hoch und belegt. Mit bebenden Fingern hält sie etwas umklammert, das ich erst nach genauerem Hinsehen als ein kleines, gelbes Kärtchen ausmachen kann.

Ich stutze.

»Ein Telegrammjunge hat das für dich abgegeben. Ich …« Wieder streicht sie sich die imaginäre Strähne aus dem Gesicht.

»Ich kam nicht umhin, es zu lesen«, gesteht sie tonlos und hält mir das dünne Postpapier entgegen.

Ein Telegramm?

Wer zur Hölle sollte mir ein Telegramm schicken?

Das billige Papier reißt beinah, als ich es Madeleine aus den Fingern zerre und die einzige mit einer Schreibmaschine getippte Zeile überfliege.

Die Welt wird schlagartig still. Schreiend leise, einzig und allein durchbrochen vom altbekannten, immer lauter werdenden Pfeifen. In meinem Brustkorb zieht sich alles zusammen und die Zeilen verwackeln vor meinen Augen.

Vater ist letzte Nacht gestorben. Komm nach Hause. Bitte!

Nur noch entfernt höre ich die Stimme Madeleines.

»Es tut mir so leid, Noël.« Dann das Quietschen der sich wieder schließenden Tür.

Meine Hände beginnen immer stärker zu zittern, ich kann sie nicht mehr stillhalten. Langsam lasse ich das Papier sinken und starre auf den leeren Punkt, an dem vor wenigen Augenblicken noch Madeleine gestanden hat.

Quälend langsam tropft die Erkenntnis in mein Bewusstsein.

Vater ist tot.

Das … das kann nicht sein. Warum? Warum sollte Vater …

Siedend heiß schießen mir die Tränen in die Augen, rinnen meine Wangen und mein Kinn hinab, tropfen auf die Druckerschwärze.

Das kann nicht sein. Das kann, das darf einfach nicht sein. Wütend zerknülle ich das Telegramm in meiner Faust, werfe es kraftlos in die Ecke.

Mein Blick folgt ihm.

Das Pfeifen wird immer schriller.

Die Ecke!

Panisch stürze ich dem zerdrückten Papierfetzen hinterher, stolpere über den Stuhl, falle auf die Knie, ignoriere den sengenden Schmerz, der mir für einen Moment die Luft zum Atmen raubt, und beginne auf allen vieren, den Papierstapel zu durchwühlen.

Wo ist er? Wo? *Wo*?

Papiere, Rechnungen, Briefe, Mahnungen. Sie alle fliegen durch die Luft. Es dauert eine Ewigkeit, bis ich endlich das dünne Kuvert aus dem Stapel hervorziehe. Die Handschrift meiner Mutter verwischt zu fahrigen Schlieren. Ungelenk öffne ich den Umschlag, vor lauter Hektik reißt beinah auch der Brief entzwei.

Mein lieber Noël,

ich kann mir vorstellen, dass du in Paris sehr beschäftigt bist, und hoffe, dass es dir gut geht und du wohlauf bist. Ich habe es lange vor mir hergeschoben, dir diesen Brief zu schreiben, doch sehe ich mittlerweile keinen anderen Ausweg mehr. Hiermit bitte ich dich: Komm nach Hause. Vater ist krank und es geht ihm sehr schlecht. Der Arzt hat ihm teure Medikamente verordnet, doch glaubt er wohl selbst nicht mehr daran, dass sie ihm auch helfen werden. Vaters Husten wird von Tag zu Tag schlimmer. Es hört gar nicht mehr auf. Mein lieber Junge, bitte lass mich wissen, wenn dich dieser Brief erreicht hat. Komm nach Hause. Vater möchte dich noch ein letztes Mal sehen, bevor es zu Ende geht. Ich habe unser Boot verkauft, um den Doktor und die Medikamente zu bezahlen, und habe dir von dem Rest fünf Franc für das Zugticket beigelegt.

In Liebe, deine Mutter.

Fassungslos lasse ich den Brief sinken. Das Fünf-Franc-Stück kullert aus dem Umschlag und kommt leise klingend auf den Dielen zum Liegen. Die Welt ist seltsam stumm geworden. Das Rascheln der zur Seite geschobenen Papiere schneidet überdeutlich durch die Stille, als ich die Fotografie aus dem Stapel ziehe.

Vater und Mutter. In der gleißenden Sonne eines Sommernachmittages. Mutter hatte sich noch solche Gedanken um ihre Haare gemacht. Es war das erste Mal seit ihrer Hochzeit gewesen, dass sie sich hat fotografieren lassen. Vater hatte nur gelacht und versucht, sie zu beruhigen. Sanft hatte er ihr einen Kuss auf die blonden Haare gedrückt.

Seit diesem Tag habe ich sie nicht mehr gesehen. Seit diesem Tag vor fast zwei Jahren. Der Gedanke daran schnürt mir die Kehle zu und zieht mir die Eingeweide zusammen. Es ist sinnlos, noch gegen das Weinen anzukämpfen. Immer schneller, immer häufiger fallen dicke Tropfen auf die Glasfläche.

Zwei Jahre. Weil ich so selbstverliebt und egoistisch war.

»Vater …«, kratzt es heiser aus meiner Kehle. Der Rahmen gleitet mir aus den tauben Fingerkuppen, ich sacke zusammen und vergrabe mein Gesicht in meinen Armen.

Vater ist tot.

Und ich habe nicht einmal gewusst, dass er krank war. Gott, was muss Mutter nur von mir denken? Sie ist jetzt ganz allein …

Der Gedanke lässt mich aufspringen.

Packen … oh Gott, ich muss packen. Ich muss zu ihr.

Hilflos drehe ich mich einmal um die eigene Achse, mein Blick flackert ziellos durch das winzige Zimmer.

Wo sind die Papiere, die paar Francs, die ich noch hatte? Wo nur?

Papiere und Skizzen, meine, die von Toulouse und Gott weiß was für Blätter wirbeln umher. Die Scherben der zertrümmerten Waschschüssel knirschen unter meinen Schuhsohlen.

Hastig hebe ich das Geldstück vom Boden auf und werfe es mit der Notreserve von 10 Centimes auf den Tisch. Erneut analysiert mein Blick das Atelier. Was brauche ich noch? Kleidung zum Wechseln? Unwichtig. Ich stoße beinah die geöffnete Flasche vom Tisch, als ich mich ein weiteres Mal suchend im Kreis drehe. Ein tiefer Schluck brennt mir in der Kehle, ehe ich die Flasche wieder zurückstelle und zum Regal hinübereile.

Schlüssel.

Ein letzter abschätzender Blick. Ich sollte alles haben. Der Nachtexpress nach Lyon. Von dort aus kann ich umsteigen. Wenn ich mich beeile, schaffe ich es noch.

»Was tust du da?«

Die Worte fahren mir durch alle Glieder. Ich muss mich nicht herumdrehen, um zu wissen, wer sie an mich gerichtet hat. Warum ist er hier?

Kalter Schweiß läuft mir den Rücken hinab und mit einem Mal ist das fürchterliche Ziehen und Brennen in meinem Unterleib wieder da. Sengender als je zuvor.

Atmen. Bleib ruhig. Bald ist es alles vorbei.

Entschlossen ziehe ich meinen Schlüssel aus dem Regal und verstaue ihn in meiner Tasche.

»Ich packe«, entgegne ich tonlos und drehe mich auf dem Absatz um.

Thujon sieht müde aus. Den rechten Arm an den Türrahmen gelehnt, die linke Hand in die Hüfte gestemmt, steht er auf der Schwelle und sieht sich im Atelier um, ehe sein fragender Blick an mir hängen bleibt.

»Du verreist also.«

Es ist keine Frage. Darum sehe ich mich auch in keinerlei Weise dazu veranlasst, ihm zu antworten. Wortlos gehe ich hinüber zum Tisch und stecke die Münzen ein.

Thujons Blick klebt an jeder meiner Bewegungen.

»Und wohin soll die Reise gehen? Und weshalb so plötzlich?«

Eine seiner dünnen Augenbrauen schnellt in die Höhe. Langsam schält er sich aus seinem Durchlass und zieht mit verschränkten Armen konzentrische Kreise um den Tisch.

Um mich. Ich schlucke schwer, sehe dann jedoch entschlossen zu ihm auf.

»Das hat dich nicht zu interessieren. Es ist eine private Angelegenheit.«

»Verstehe.«

Thujons Fuß stößt gegen einen kleinen Papierball.

»Ich muss jetzt wirklich gehen. Ich habe einen Zug zu erwischen.«

Ohne ihn weiter zu beachten, fahre ich herum und ziehe meinen Mantel aus dem Schrank.

Hinter mir knistert es.

»Hat es etwas mit diesem Telegramm zu tun?«

Seine Stimme hat einen schneidenden Tonfall angenommen, der mich mitten in der Bewegung innehalten lässt.

»Das Telegramm war nicht für dich bestimmt«, flüstere ich.

»Dann hättest du es hier nicht einfach auf dem Boden liegen lassen sollen.« Seine Stimme wird kräftiger. »Dein Vater ist also gestorben.«

Mein Kinn vollführt unwillkürlich ein kurzes Nicken

und ich wende mich zu ihm herum, meine Finger fest in der abgewetzten Wolle des Mantels vergraben.

Thujon hält nicht nur das gelbe Zettelchen in seiner Hand. In der anderen ruht das Portrait meiner Eltern, das er mit sichtlichem Interesse betrachtet, ehe er mit einem undeutbaren Ausdruck auf dem Gesicht von der Fotografie aufblickt.

»Und *deswegen* willst du jetzt nach Hause fahren?« Er lächelt schief. »Zurück zu Kuttern und Reusen.«

Meine Finger verkrampfen sich mehr und mehr im dicken Stoff.

»*Deswegen*?«, speie ich es aus und starre ungläubig zu ihm hinüber. »Was meinst du bitte mit *deswegen*? Wie du es aussprichst, klingt es, als sei das eine Lappalie.«

Er zuckt desinteressiert mit den Schultern.

»Nun ja, für meine Begriffe ist es zumindest kein Grund, einfach sang- und klanglos seine Sachen zu packen und auf unbestimmte Zeit aus der Stadt zu verschwinden, um wie ein getretener Hund nach Hause zu kriechen.«

Sein Blick wandert unweigerlich zu der nur spärlich gefüllten Leinwand.

»Dein letztes Bild ist noch nicht fertig und die Ausstellung sitzt dir im Nacken.«

Die Worte hallen in meinem Kopf wider, doch wollen sie im ersten Augenblick keinen rechten Sinn ergeben. Erst langsam sacken die einzelnen Fragmente wie Puzzleteile an ihre richtige Stelle.

»Du verdammter Mistkerl!«

Es bricht aus mir heraus, ohne dass ich es verhindern könnte.

Die Trauer weicht unaufhaltsam einer nicht mehr Herr zu werdenden Wut.

»Ich kann nicht in Worte fassen, wie sehr du mich gerade anwiderst! Wie viel Verachtung für die Gefühle anderer kann man denn haben, Thujon?«

Mit aller Macht werfe ich den Mantel auf den Boden und stürme auf ihn zu.

»Das Bild ist mir egal! Die Ausstellung ist mir egal! Diese ganze Stadt, die verdammte Malerei, alles ist mir egal! *Mein Vater ist tot, verdammt*!«

Meine Stimme überschlägt sich, als ich ihm die letzten Worte direkt ins Gesicht brülle, doch Thujon verzieht keine Miene. Meine Finger bohren sich so fest in die Innenflächen meiner geballten Fäuste, dass es wehtut und die Knochen bereits weiß hervorstechen.

Er seufzt lediglich leise.

»Und weil dein Vater tot ist, willst du also deine Zukunft wegwerfen?«, fragt er und klingt, als würde er dies aufrichtig bedauern. Ohne auch nur einen weiteren Herzschlag über seine Worte nachzudenken, nicke ich heftig.

»Meine Mutter braucht mich. Mein Vater … wäre ich nicht hier und hätte mit diesem dummen Traum von Malerei und Bohème meine Zeit verschwendet, dann … dann …«

»Dann wäre dein Vater trotzdem gestorben«, fährt Thujon mir dazwischen und zerknüllt das Telegramm in seiner Hand.

»Dann hätte ich aber in seinen letzten Minuten bei ihm sein können!«

Verzweifelt versuche ich, in Thujons Blick so etwas wie Verständnis zu finden. Doch dort ist nichts. Absolut nichts.

»Thujon, das musst du doch verstehen!«

Meine Stimme ist nicht viel mehr als ein erbärmliches

Krächzen. Thujon schüttelt nur wieder den Kopf, ehe er den Bilderrahmen in seiner Hand loslässt.

Das Glas zerspringt in hunderte kleine Scherben, der hölzerne Rahmen bricht entzwei.

»Nein, Noël.« Seine Stimme ist eisig. »Nein, das verstehe ich nicht. Du solltest diese einmalige Chance nicht verstreichen lassen.«

Bebend wischt meine Hand die Glassplitter zur Seite. Sie zerkratzen und verschrammen die Fotografie.

»Verschwinde.«

Das Wort steigt tief und dunkel aus meiner Kehle.

Thujon legt nur leicht den Kopf zur Seite.

»Ich soll also verschwinden, ja?«

Seine Worte triefen vor Sarkasmus und für einen Moment muss ich mich zurückhalten, ihm nicht meine Faust ins Gesicht zu rammen.

»Ja«, wiederhole ich mühsam beherrscht zwischen fest aufeinandergepressten Zahnreihen hindurch. »Ich sagte, dass du verschwinden sollst.«

Thujons Gesicht verzieht sich mehr und mehr zu einer verzerrten Grimasse.

»Du bist schon ein seltsam wankelmütiges Geschöpf.« Das ominöse Lächeln wird noch schiefer.

»Letzte Nacht hast du mich angefleht, dich nicht zu verlassen. Hast du das schon vergessen?«

Seine Worte sind wie ein Stich in meine Brust. Tief und brennend. Brechreizerregend. Wie könnte ich das je vergessen?

»Verstehst du nicht, dass die Situation eine gänzlich andere ist?!«

Meine Stimme zittert unkontrolliert, meine geballten Fäuste beben. »Ich muss einfach zurück nach Hause.«

»Und dann? Meinst du, dass –«

»Geh! Verschwinde endlich!«

Mit aller mir möglichen Kraft kralle ich mich an seinem weißen Hemd fest und zerre ihn daran in Richtung Tür.

»Ich sagte geh! Geh! Ich brauche dich nicht!«

Das Schreien steigert sich zu einem heiseren Brüllen, immer mehr schnappt meine Stimme über, immer heftiger reiße ich an ihm, versuche, ihn aus meinem Zuhause zu befördern.

Schwer atmend lasse ich von ihm ab, als er mit dem Rücken gegen die Tür prallt. Wankend findet er sein Gleichgewicht wieder und streicht sich einige Male über die zerknitterte Knopfleiste.

»Geh endlich«, presse ich stoßweise zwischen tiefen Atemzügen hervor. »Geh und komm nie wieder.«

Er senkt den Blick, ehe er sich anschickt zu gehen, sich jedoch noch einmal im Türrahmen zu mir umdreht. Eine tiefe Falte verläuft über seine Stirn, doch ist sie das einzige Anzeichen dafür, dass ihn meine Worte getroffen oder irgendetwas in ihm bewegt haben.

»Wie du willst, Noël«, flüstert er und tiefgrüne Augen suchen die meinen. »Ganz wie du willst. Doch egal, was du und ich auch tun«, er schlägt die Augen nieder. »Es macht deinen Vater nicht wieder lebendig.«

Leise zieht er die Tür hinter sich ins Schloss.

Kapitel 15

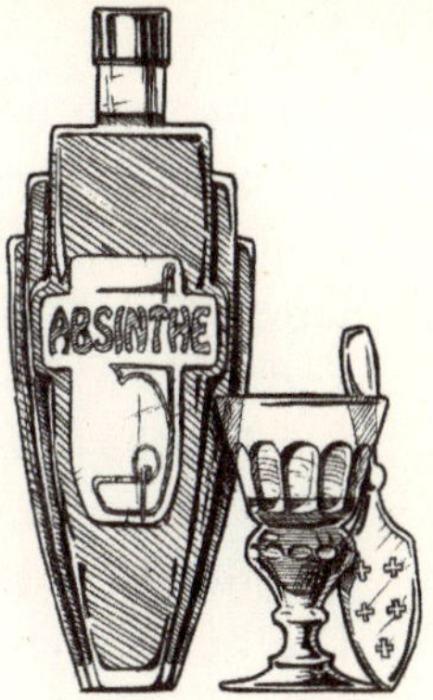

Ausdruckslos starre ich die abblätternde Farbe der Tür an, fokussiere den Punkt, an dem bis vor wenigen Minuten noch Thujon stand. Ich brauche einige tiefe Atemzüge, um mich zu beruhigen, um das Zittern meiner Arme und Beine zu unterbinden und die Kontrolle über meinen Körper zurückzugewinnen.

Mit einer schnellen Bewegung wische ich mir mit dem Hemdsärmel über die tränenden Augen und schlucke das Bedürfnis, einfach nur laut zu schreien und zu weinen, entschlossen hinunter.

Es ist mir unbegreiflich, wie man so sein kann.

Doch alle Wut wird mit einem einzigen Blick auf das zerborstene Portrait zu meinen Füßen unwichtig. Sie wird von der alles verschlingenden Erkenntnis übertüncht, die selbst jeglichen körperlichen Schmerz blass erscheinen lässt.

Vater ist tot.

Er ist tot und es gibt nichts mehr, was ich daran ändern könnte. Mutter ist ganz allein.

Fahrig taste ich noch einmal in meinen Taschen nach dem Schlüssel, dem Geld, nicke zufrieden.

Im Gehen werfe ich mir meinen Mantel über den Arm, ramme den Schlüssel ins Schloss, schließe ab und poltere die Treppenstufen des düsteren Aufgangs hinunter.

Eisiger Wind schlägt mir entgegen, als ich auf die Straße

hinausplatze und schnellen Schrittes den Weg Richtung Bahnhof antrete. Nach wenigen Straßenecken verfalle ich in ein Tempo, dass die hellen Reklamen der Cafés, die langsam zum Leben erwachenden Straßenlaternen an mir vorbeijagen wie ein einziger bunter Malstrom.

Ich sehe das Bahnhofsgebäude von Gare du Nord schon von fern. Groß und wuchtig türmen sich die schweren Sandsteinbauten vor einem bleiernen Himmel auf. Die Seitenstiche rammen sich wie Hiebe eines Messers in meine Flanken. Mühsam versuche ich, sie zu ignorieren. Endlich platze ich gänzlich außer Atem in die viel zu warme Vorhalle und bahne mir energisch einen Weg durch das allgegenwärtige Getümmel und Gewusel an Reisenden zum Ticketschalter.

Der dickliche Mann hinter der Glasscheibe des Schalters sieht mit müden Augen zu mir auf, als mein heftig gehender Atem vor seinem Gesicht kondensiert.

»Ich brauche ein Ticket für den Express nach Lyon.«

Der Mann blinzelt kurz und zieht entschuldigend die Achseln hoch.

»Das tut mir leid, mein Junge, aber da kommst du zu spät. Der ist vor zehn Minuten abgefahren.«

Sein Kinn vollführt eine vage Geste in Richtung der an einem großen Plan angeschlagenen Abfahrten.

Seine Worte treffen mich wie ein Schlag. Augenblicklich schmerzen meine Seiten noch mehr, ist jeder Atemzug umso mühsamer.

»Aber … aber ich …«

Meine Stimme bebt und bricht ab.

Reiß dich zusammen, verdammt!

Fingernägel graben sich in die abplatzende Lackierung des Handlaufs vor mir.

»Wohin soll's denn gehen?«, hakt das seltsam körperlose Gesicht hinter dem Schalterfenster mit ruhiger Stimme nach und er streicht sich einmal kurz über seinen Schnauzbart. »Vielleicht gibt es ja noch eine andere Verbindung.«

»Ich muss nach Rennes und dann weiter nach Plouzané. Und das so schnell wie eben möglich«, keuche ich in einem einzigen Atemzug gegen die beschlagene Scheibe.

»Nach Plouzané?«

Ruckelnd schüttelt er mit dem bemützten Kopf. Dem Ausdruck auf seinem Gesicht nach zu urteilen ist er froh darum, dass uns die Glasscheibe voneinander trennt.

»Das tut mir leid, mein Junge. In diese verlassene Gegend fährt heute gar nichts mehr. Noch nicht einmal nach Brest. Ich kann dir für morgen Mittag ein Ticket für den Express nach Le Mans anbieten. 12 Uhr Abfahrt. In Le Mans kannst du in den Zug nach Rennes umsteigen.«

Morgen Mittag?

Ein dicker Knoten beginnt sich in meinem Magen zu formen, verhärtet und verdreht sich.

»Das ist die frühste Verbindung?«, höre ich meine viel zu hohe Stimme fragen. Das runde Gesicht nickt nur.

Ich seufze leise und lasse den Handlauf los.

»Dann machen Sie das bitte.«

Kratzend schrammt die Feder seines Füllfederhalters über das dünne Papier. Das Geräusch des Stempels lässt mich unweigerlich zusammenfahren. Dickliche Hände reichen mir das Kuvert mit der Fahrkarte durch das Guckloch.

»Vier Francs.«

Ich drücke ihm das Fünf-Franc-Stück in die Hand. Mit einem schwachen Lächeln gibt er mir mein Wechselgeld. »Dann eine gute Reise.«

Er nickt mir noch einmal kurz zu und bedeutet mir damit, Platz zu machen für die bereits beachtlich angewachsene Schlange hinter mir.

Unschlüssig wende ich mich vom Ticketschalter ab und halte das Kuvert mit der Fahrtkarte und meinem letzten Franc fest mit beiden Händen umklammert.

Morgen Mittag. Morgen erst.

Schweren Schrittes mache ich mich auf den Weg zurück Richtung Ausgang. Die Menschen strömen an mir vorbei, rempeln mich an, prallen an mir ab.

Erneut trete ich hinaus in den frühen Abend. Der Himmel über der Stadt ist noch dunkler geworden. Dicke, schwarze Wolken ziehen sich am Himmel über den vielen Zylindern und mit Federn verzierten Hüten zusammen. Ein Blitz durchzuckt das Dunkel und ferner Donner hallt durch die Straßen. Bald wird es zu regnen beginnen.

Meine Schritte sind langsam und schwerfällig. Ich habe keine Eile mehr.

Mit einem dumpfen Schlag fällt die Haustür hinter mir ins Schloss. Ich kann das schrille Lachen von Madeleine und den tiefen Bariton eines Mannes durch das Treppenhaus hallen hören, als ich an der Tür ihres Apartments vorbeischleiche.

Scharrend dreht sich der Schlüssel im Schloss, die Tür fällt beim Öffnen beinah gänzlich aus den Angeln und schwer ausatmend werfe ich meinen Mantel auf das Sofa und sacke auf dem Stuhl zusammen. Vergrabe meinen immer schwerer werdenden Kopf in meinen Händen.

Morgen erst.

Morgen erscheint wie eine Ewigkeit entfernt.

Es ist zum Auswachsen!

Hätte ich doch nicht diese wertvollen Minuten verschwendet. Wenn ich den Brief früher gelesen hätte … Wenn Thujon mich nicht aufgehalten hätte …

Meine Finger verkrallen sich in meinen Haaren, zerren so lange an ihnen, bis sich kleine Büschel aus der Kopfhaut lösen und in feinen Strähnen zu Boden fallen.

Meine Kopfhaut brennt und juckt. Ich lasse die Hände in meinen Schoß sinken und zwinge mich, das beständige Pochen hinter meiner Stirn zu ignorieren.

Ziellos lasse ich meinen Blick durch die kleine Kammer schweifen. Diesen winzigen, heillos überfüllten Raum, der für fast zwei Jahre mein Zuhause und meine Zuflucht vor der Welt dort draußen war. Nun fühlt es sich mehr denn je an wie eine Gefängniszelle.

Fauchend entzündet sich der Kopf des angerissenen Streichholzes, flackernd fängt der Docht der fast abgebrannten Kerze Feuer und taucht den Raum in warmes Licht und tiefe Schatten.

Und trotz aller Vorsätze kann ich es nicht verhindern. Vielleicht bin ich mittlerweile auch einfach zu müde und kraftlos, um es noch verhindern zu können. Mein so verdammt schwacher Geist wird wie magisch von der nur halb gefüllten Fläche angezogen.

Es fühlt sich an, als würden meine Knochen brechen, als ich mich von meinem Stuhl erhebe und langsam auf die Staffelei zutrete. Jeder Schritt, jede Bewegung ist ein Kampf.

Skeptisch lege ich den Kopf schief und betrachte das halb fertige Gemälde.

Ohne mein Zutun tasten meine Finger nach der Palette auf dem Tisch und dem Pinsel im Wasserglas.

Doch ehe ich den ersten Pinselstrich tun kann, fällt mir die fürchterliche Farbnase auf, die sich wie eine einsame

Träne ihren Weg durch die ebenmäßige Fläche gebahnt hat.

Verdammter Mist.

Mit sanftem Druck kratzt das Malmesser über die Farbe, es hinterlässt trotz aller Vorsicht tiefe Striemen auf der Leinwand. Unzufrieden lege ich das Messer zurück und greife nach dem Pinsel auf der Palette.

Der mit Farbe aufgeladene Pinsel nähert sich zitternd der weißen Fläche. Die Borsten berühren sanft den Stoff. Er färbt sich innerhalb von Sekunden grün.

Dieses verdammte Grün.

Die Farbe ist klumpig und wird nicht decken. Es sind viel zu wenig Pigmente im Öl gelöst. Wässrig und viel zu stark verdünnt rinnt sie die Leinwand hinab. Es schüttelt mich.

Die feinen Borsten spreizen sich, zerfasern in alle Richtungen, als ich den Druck auf den Pinsel erhöhe. Fester, fester, immer fester, bis er sich weit in die Leinwand eingräbt und eine tiefe Kuhle im Stoff hinterlässt.

Es passt nicht. Es will einfach nicht passen.

Das ist einfach nicht das richtige Grün.

Es wird niemals das richtige Grün sein. Das Grün verhöhnt mich.

Der Pinsel gleitet langsam aus meiner Hand, fällt spritzend auf die Dielen und betreten bleibe ich vor dem nicht vollendeten Bild stehen.

Es wird nicht fertig werden. Es wird niemals fertig werden.

Mit grüner Farbe beschmierte Finger pressen sich vor meinen Mund, ich kann den beißenden Ölgestank auf meiner Haut riechen, während ich versuche, die Tränen zurückzuhalten. Doch es gelingt mir nicht.

Für diesen infantilen Traum habe ich meine Eltern verlassen. Für nichts weiter als die Aussicht auf Erfolg und Ruhm und den Traum, ein großer Künstler zu werden. Nichts davon hat sich je bewahrheitet.

Das verlaufende Öl mit den erbärmlichen Farbpigmentresten lässt die Leinwand umso schrecklicher wirken.

Ich ertrage das nicht länger.

Verpfuscht, verpfuscht. Es ist alles verpfuscht!

Ich bin ein verdammter Pfuscher!

Mein Blick flackert über die sich stapelnden, bunten Leinwände auf der Couch. Landschaften, Farben, Freude.

Festgehalten für die Ewigkeit in Öl.

Nichts davon ist wirklich mein Werk. Nichts davon habe wirklich *ich* erschaffen. *Nichts.*

Die Einsicht lässt mir die Knie weich werden und weinend vor der Staffelei zusammensacken. Wie ein glühendes Eisen versenkt sie sich in meinem Geist und brennt sich ein.

»Thujon hatte recht«, murmele ich zwischen heiseren Schluchzern hervor und kann den Anblick der fertigen Bilder nicht mehr ertragen.

All das sind die Werke von Thujon. Ohne Thujon bin ich nichts weiter als ein verdammter Hochstapler.

Ohne Thujon kann ich keinen einzigen brauchbaren Pinselstrich auf die Leinwand bringen.

Eisige Finger greifen nach dem Malmesser auf der Ablage der Staffelei. Mühsam versuche ich, mich an den Holzbeinen hochzuziehen, doch bringt mein Versuch die komplette Staffelage ins Wanken. Mit einem dumpfen Knall fällt die Staffelei samt Leinwand vornüber und bleibt traurig vor mir liegen.

In einer einzigen ruckartigen Bewegung reiße ich den

Keilrahmen aus der Halterung und drehe ihn um. Mit aller Kraft, die ich aufbringen kann, steche ich auf die verschmierte Ölspur ein. Zerre die Klinge durch den Stoff, höre das Zerreißen der Fasern. Welch ein schöner Klang.

Verpfuscht. Alles verpfuscht!

Mit beiden Händen umklammere ich den Griff des Messers, lasse es wieder und wieder und wieder auf dieses verdammte Machwerk herniedergehen. Mein Kopf ruckt zur Seite. Zum Sofa. Ich springe auf.

Tiefe Schlitze ziehen sich durch die Aussicht meines Fensters und das Café bei Nacht. Weiter und weiter, bis beide Bilder gänzlich zerfetzt und nichts weiter als eine formlose, bunte Masse sind. Und Paris bei Nacht ... ausgefranste Stücke fallen mir entgegen. Dieses gottverdammte Bild.

Ich hole ein weiteres Mal weit aus, reiße dabei die Kerze vom Tisch. Flackernd fällt sie auf die zerstörten Bilder. Sofort beginnt sich ein dunkles Brandloch in die Reste dessen, was einmal ein Lichtermeer gewesen ist, zu brennen.

Schwer atmend halte ich in meiner Bewegung inne und lasse das Messer langsam auf den Tisch sinken, sehe mit immer weiter ansteigender Begeisterung dabei zu, wie sich die kleine Flamme begierig und unaufhaltsam durch die Leinwand frisst.

Hektisch sehe ich mich um, drehe mich einmal wie wild um die eigene Achse, drehe mich noch ein weiteres Mal, bis mein Blick am gesuchten Gegenstand hängen bleibt. Ein schiefes Grinsen kriecht auf meine Lippen.

Damit sollte es gehen.

Es soll einfach alles verschwinden.

Mit beiden Händen greife ich nach der noch fast vollen Flasche Terpentin und beginne, ihren Inhalt auf den

Bildern zu verschütten. Ein knisterndes Geräusch erfüllt den Raum, als das Verdünnungsmittel das Feuer entfacht. Der ätzende Geruch steigt mir sofort in Nase und Rachen. Zufrieden trete ich zurück, betrachte mein Werk und muss bei seinem Anblick lächeln. Seltsam. Ich fühle mich so leicht.

Die Leinwände stehen lichterloh in Flammen. Hell lodernd fressen sie sich an den Tapeten empor, das dünne Papier schält sich in langen, verkohlten Bahnen von den Wänden.

Schwarzer Rauch quillt hervor. Dick und beißend.

Das reicht noch nicht. Es ist noch nicht genug. All das hier soll nur noch verschwinden!

Mit aller Gewalt werfe ich die halb leere Flasche Terpentin in die Flammen, die klirrend auf dem Boden zerschellt. Die Stichflamme schießt bis an die Decke des Ateliers. Eine Welle der Hitze schlägt mir entgegen, lässt mich die Arme schützend vor das Gesicht reißen und benommen rückwärts taumeln. Überall spritzt brennende Flüssigkeit umher, fängt sich in den alten Gardinen, im Stoff der Couch. In Sekundenschnelle finden die Flammen neue Nahrung. Die Ölfarbe auf den Leinwänden beginnt fürchterlich zu stinken, der Gestank vermischt sich mit dem beißenden Qualm, der selbst die kleinsten Ritzen des Ateliers verpestet. Schwer atmend, aber mit einer unbeschreiblichen inneren Genugtuung sehe ich dabei zu, wie die Farben zu schmelzen beginnen. Die feinen getupften Linien verlaufen in dicken, öligen Perlen. Verschmieren und verziehen sich. Die einst wunderschönen weißen Wolken quellen auf zu unförmigen Wülsten. Die Farbe beginnt Blasen zu werfen.

Schweißperlen bilden sich auf meiner Stirn, rinnen

meine Schläfen und meinen Nacken hinunter. Der beißende Gestank macht das Atmen so unsagbar schwer. Doch kann ich mich von dem Anblick einfach nicht losreißen. Reglos sehe ich dabei zu, wie die Flammen die Leinwände verschlingen, bis nichts mehr übrig ist als verkohlte Keilrahmen. Erst jetzt kann ich mich von diesem Anblick lösen.

Das Atelier steht hell erleuchtet in Flammen, überall Feuer und Rauch. Mir wird schwindelig, alles beginnt sich zu drehen, immer schneller, immer wilder. Bis mit einem Ruck die Welt wieder stillsteht. Fassungslos starre ich das Monstrum an, das mit Vehemenz nach meiner Aufmerksamkeit schreit.

Das letzte Bild.

Mehrfach blinzle ich gegen den Qualm und den Ruß in meinen Augen an, doch was ich sehe, will sich einfach nicht verändern.

Wie kann das sein? Das *kann* nicht sein.

Doch dort steht sie. Die nicht vollendete Leinwand auf der Staffelei. Wer hat die Staffelage denn wieder aufgerichtet? Sie war doch umgefallen. Und die Leinwand. Ich kann es nicht begreifen. Sie ist noch in Takt. Makellos. Aber ich habe sie doch mit dem Messer zerstört. Zerfetzt. Fassungslos starre ich auf die Leinwand. Hektisch wische ich mir wieder und wieder über die Augen und beginne, mit jedem weiteren Blinzeln an meinem Verstand zu zweifeln. Die Flecken Scheelschen Grüns stechen aus dem allgegenwärtigen Rot nur umso deutlicher hervor. Anklagend steht es inmitten der real gewordenen Hölle. Unangetastet.

Unsichere Schritte führen mich vor die Staffelei. Glassplitter knirschen unter meinen Füßen. Sanft lasse ich meine Hand über die unbeschadete Leinwand gleiten. Verständnislos schüttele ich mit dem Kopf.

»Es tut mir so leid. Ich kann dich nicht vollenden.«

Mehr als ein heiseres Wispern entkommt meiner Kehle nicht. Die Leinwand fühlt sich rau und brüchig an unter meinen Fingern. Und viel zu warm. Doch zweifelsfrei in Takt. Die Farbe bleibt an meinen Fingerkuppen kleben.

Thujon hatte recht. Letztendlich hat er mit allem recht gehabt.

Vorsichtig, als sei es unsagbar kostbar, nehme ich den Keilrahmen von der Leinwand und werfe ihn in die Ecke auf das brennende Sofa.

Das kann selbst dieses verfluchte Bild nicht überleben.

In diesem Moment stürzt ein Teil des brennenden Dachstuhles mit ohrenbetäubendem Getöse über dem Sofa zusammen und begräbt alles unter sich in einer dicken, grauen Wolke.

Staub und Asche fressen sich in meiner Kehle fest, ziehen sie schmerzhaft zusammen. Hustend und würgend taumele ich rückwärts, presse mir mit tränenden Augen die Hand vor den Mund.

Dicke Kaskaden aus Ruß und Staub wirbeln auf und ab, werden erhellt vom flackernden Feuerschein. Das Glas des Dachfensters ächzt und knackt bedrohlich, ein dicker Riss zuckt wie ein Blitz über die gesamte Länge der glatten Fläche.

Glockenhelles Lachen vermischt sich mit dem Knacken und Bersten von Glas und Holz. Für einen Moment wird mir schwarz vor Augen.

Wie eine Erscheinung schält sich die Gestalt aus dem Nebel und den lodernden Flammen.

»Noël.«

Der Klang meines Namens fährt mir durch Mark und Bein.

»Mein lieber Noël.«

Mit langsamen Schritten tritt Thujon aus den wabernden Schwaden auf mich zu. Sein Gesicht ist verzerrt zu einer traurigen Grimasse. Die dunklen Locken fallen wirr über seine gesenkten Schultern.

»Was hast du nur getan?«

Ohne ein weiteres Wort durchmisst er den Raum zwischen uns, schlingt seine Arme um meine Schultern und presst mich mit aller Kraft an sich, als habe er Angst, ich könne ihm wie Sand durch die Finger rinnen.

Meine Wange hat noch nicht ganz seine Brust berührt, als sich auch schon die Tränen Bahn brechen und einfach nicht mehr aufzuhalten sind. Schluchzend und wimmernd verkralle ich mich in seinem Hemd, halte mich an ihm fest wie ein Ertrinkender.

»Thujon … mein lieber Thujon …«, würge ich unter heiserem Schluchzen hervor und vergrabe mein Gesicht nur noch mehr in seinem Hemd. Seine Umarmung wird fester.

»Du bist wieder zurück! Du bist zu mir zurückgekommen!«

Hektisch blicke ich zu ihm auf, spüre die Nässe der Tränen, die Hitze des Feuers auf meinen Wangen, doch all das ist nun egal. Er ist wieder zurück.

Unweigerlich verzieht sich mein Mund zu einem Lächeln, ich kann es kaum fassen. Sanft fährt er mit seiner Hand durch meine Haare. Das Lächeln ist so fein und zart wie damals. Auf dem Balkon des Gotischen Turms.

»Es tut mir leid, was ich gesagt habe. So unfassbar leid … Ich … ich war nicht mehr …«

Ich kann meine Finger nicht mehr spüren, so fest haben sie sich um den Stoff des Hemdes geschlungen. Das Weiß vor meinen Augen verschwimmt.

Für einen kurzen Moment komme ich ins Wanken, doch halten mich Thujons Arme fest.

Heiß. Es ist so fürchterlich heiß hier drin.

»Bitte, verlass mich nicht«, schluchze ich atemlos, noch immer verzerrt lächelnd. Sanft drückt seine Hand meinen Kopf zurück gegen seine Brust und augenblicklich vergrabe ich mein Gesicht wieder tief im weißen Leinen. Mein Körper bebt vom widerlichen Schluckauf des Weinens, bis ich kaum noch die Worte hervorbringen kann.

»Verlass mich nicht. Bitte! Bitte verlass mich nicht. *Du darfst mich nicht verlassen*!«

Meine Bitte geht über in ein sich immer weiter steigerndes Flehen. Er darf mich nicht allein lassen. Das ertrage ich nicht.

Die mir so bekannte, warme Hand spielt mit meinen Haaren, versonnen drehen sich die Finger um einzelne Strähnen, ehe er mir einen federleichten Kuss auf den Scheitel drückt.

»Ich verspreche es dir, Noël.«

Sein Atem geistert schwerelos über meine Schläfen. Er legt sanft seinen Kopf auf den meinen und ich kann sein Lächeln an meiner Kopfhaut spüren.

Ein ungeheures Gewicht fällt bei seinen Worten von meinen Schultern. Mit einem Mal unglaublich müde, schließe ich die Augen. Hinter dem vielen Weiß kann ich sein Herz schlagen hören. Beruhigend schlägt es in einem beständig gleichbleibenden Takt.

Müde. Ich bin so schrecklich müde. Das rhythmische Pulsieren, es lullt mich ein.

Wie ein altes Wiegenlied.

Ein sengender Schmerz fährt mit einer enormen Wucht durch meinen Rücken, zuckt wie ein Blitzschlag durch meinen gesamten Oberkörper, dass es mir mit einem Schlag jegliche Luft aus den Lungen presst.

Ich fahre hoch, komme jedoch nicht weit, da mich der immer schlimmer werdende Schmerz an jeder weiteren Bewegung hindert.

Mein Rücken! Etwas ist mit meinem Rücken!

»Was ist –«

Erschrocken breche ich ab. Was ist mit meiner Stimme geschehen? Nicht mehr als ein heiseres Röcheln bringe ich zustande. Alles dreht sich. Erst langsam, dann immer schneller, während die Schmerzen sich immer weiter durch meinen Körper ätzen.

Das verschwommene Weiß scheint alles zu verschlingen.

Völlig irritiert stolpere ich rückwärts und kann zunächst nicht einordnen, was ich sehe. Doch dann versteht mein Geist und die Panik beginnt mit eiskalten Fingern an mir zu zerren.

Das Malmesser.

Mein Malmesser.

Hoch erhoben ruht es in Thujons Hand.

Dunkelrote Tropfen perlen daran herab. Rinnen über seine Hand, über seine feingliedrigen Finger.

»Warum?«, japse ich und habe das Gefühl, zu lange unter Wasser geblieben zu sein. Verzweifelt schnappe ich nach Luft, doch scheint sie meine Lungen nicht mehr zu erreichen.

Der Schmerz zuckt immer heftiger durch meinen Brustkorb, arbeitet sich immer weiter vor.

Der orangerote Flammenschein lässt den feinen Schweißfilm auf Thujons Stirn glänzen, ebenso die Klinge des Messers. Ein kurzes Aufblitzen, als er erneut ausholt.

Meine Kehle kann nicht mehr laut genug schreien, um den Schmerz zu übertünchen. Diesmal spüre ich es genau. Wie die Klinge mit enormer Kraft mein Fleisch zerschneidet und in meine Brust eindringt. Benommen blicke ich an mir herab, sehe wie ein fremder Beobachter das dunkle, dicke Blut hervorquellen und mein Hemd übersättigen.

Es ist seltsam … Ich hatte mir Blut immer rot vorgestellt. Doch genau wie die Fäden, ist der sich immer schneller durch das Leinen fressende Fleck beinah pechschwarz.

Die Dielenbretter unter meinen Füßen beginnen sich zu verbiegen, alles windet sich. Jeder einzelne Atemzug ist Säure, die ich in meine Lungen inhaliere. Dunkelheit nagt an den Rändern meines Gesichtsfelds.

Ein schiefes Lächeln zerrt an meinen Mundwinkeln. Ich verstehe.

So fühlt sich Sterben an.

Glas splittert. Holz zerbirst. Der Gestank der Ölfarbe verklebt meinen Mund.

In all dem Chaos sehe ich nur noch eines.

Thujons lächelndes Gesicht.

Er öffnet seine Faust und klappernd fällt das Malmesser auf den Boden. Seine Hände umgreifen mein Gesicht, halten es in einem eisernen Griff umklammert, pressen seine Stirn gegen meine. Irisierend grün starren seine Augen in die meinen.

Kaum hörbar haucht er die Worte gegen meine Lippen:

»Ich werde dich *niemals* verlassen«, ehe er sie wie ein Berserker mit den seinen verschließt. Ein Gefühl der Zufriedenheit durchfährt mich.

Asche fällt von der Decke. Wie Schnee.

Unter ohrenbetäubendem Getöse bricht der Dachstuhl über uns zusammen.

Und die Welt versinkt in sengender Schwärze.

Epilog

Lange, dünne Fäden fallen aus pechschwarzen Wolken. Seit Tagen hängen sie wie eine bleierne Decke über der Stadt. Leise zischen und verdampfen die Tropfen auf den noch glimmenden Resten von Noëls Atelier. Inmitten des Dachstuhls klafft ein rauchendes Loch. Wie ein in das Holz hineingerissenes Maul. Die Glasscheiben der Deckenfenster sind geborsten, schrill scharren die Scherben unter meinen Sohlen. Hier und dort kann man den verkohlten Klumpen noch ansehen, was sie einmal gewesen sein mochten. Die durchgesessene Couch, die mich so oft mit ihren so elendig quietschenden Sprungfedern malträtiert hat, liegt begraben unter einem Berg aus Schutt. Die kleinen Fläschchen mit den Farbpigmenten sind von der Hitze explodiert, die Chemikalien heiß verbrannt nur noch als Schattenreste erkennbar. Ein geborstener Bilderrahmen liegt mit geschwärztem Glas auf dem Boden. Als hätte ihn jemand dort achtlos hingeworfen.

Ich sehe mich weiter um. Das meiste ist jedoch, genau wie der Eigentümer all dessen, nichts weiter mehr als schwelende Asche.

Der noch immer chemische Gestank kriecht mir in die Kehle und lässt mich würgen. Hektisch fische ich den Flachmann aus meiner Jacketttasche und nehme einen tiefen Schluck, um mich zu beruhigen und die Erinnerungen zu verdrängen.

Es war ein schreckliches Feuer.

Die Flammen hatten meterhoch aus dem Dachstuhl geschlagen und den Himmel über Montmartre unheilvoll erhellt. Ihr zuckendes Licht flackerte rot glimmend durch die Gassen, als Vorbote des Unheils.

Entschlossen trete ich weiter hinein. Der Boden unter meinen Füßen ächzt und stöhnt.

Und dann erblicke ich es.

Beinah gänzlich unversehrt unter dem Haufen Schutt auf der Couch.

Als ich beginne, es aus dem Schuttberg zu befreien, steigt eine Staubwolke gen Himmel und vermischt sich mit dem durch das Loch fallenden Regen.

Es wirkt deplatziert.

So vollkommen falsch inmitten all dieser Verwüstung.

Ein Portrait.

Grün.

Ich merke, wie meine Bartenden zu zucken beginnen.

Ein unglaublich intensives Grün, das selbst durch die zentimeterdicke Schicht Asche zu leuchten scheint, wie ein Irrlicht in der Nacht.

Ich seufze leise.

Natürlich war es dieses Grün gewesen.

»Ich hatte recht«, murmele ich, während meine Hand die Staubschicht zur Seite wischt und die Augenpartie des Portraits freilegt. Das Grün leuchtet irisierend.

»Er hat dich am Ende doch gekriegt.«

Wie von selbst streichen meine Finger über das perfekt gemalte Ebenbild des mir so vertrauten Mannes.

Rabenschwarze, lockige Haare umrahmen ein blasses, scharf geschnittenes Gesicht mit den Augen in der Farbe dunkler Jade. Ein schiefes Lächeln umspielt seine Lippen und lässt ihn auf anziehende Weise verschlagen aussehen.

Noël hatte ihn gut getroffen.

Noch immer halte ich das Bild in Händen, als ich einen Schritt zurücktrete und mein Fuß gegen etwas Hartes stößt. Ein für diesen Raum viel zu lautes Poltern erklingt, als die leere Flasche über den verkohlten Boden rollt. Hallend kullert sie an der Wand mit den verbrannten Resten der hässlichen Tapete entlang.

»Du hast ihn geliebt, nicht wahr?«, frage ich traurig. Noch immer kann ich den Blick nicht von den grünen Tiefen abwenden.

»Du hast den Inhalt dieser verdammten Flasche viel zu sehr geliebt.«

Ich gebe mir einen Ruck und ziehe die Melone auf meinem Kopf tiefer in die Stirn, um meine Brille vor dem Regen zu schützen. Die Ausstellung wird in wenigen Stunden eröffnen.

Mit festem Griff klemme ich mir die angesengte Leinwand unter den Arm. Ich möchte das Bild in der Ausstellung zeigen.

Mich schauert, als meine Lippen wie von selbst wispern: »Letztlich ist dies das Einzige, was von dir noch geblieben ist, mein Freund.«

Ein letzter Blick in den grauen Himmel und ich versuche, die Tränen wegzublinzeln.

Bald wird der Regen auch die letzten Reste dieses Unglücks wegwaschen.

Ich presse das Bild enger an meinen Körper. Es ist so groß, dass ich es kaum unter dem Arm tragen kann.

Der verführerische Geist aus der Flasche hatte gewonnen. Er gewann letztlich immer.

Warme Hände legen sich auf meine Schultern.

Ein glockenhelles Lachen erfüllt das tote Atelier. Ich muss mich nicht umdrehen, um zu wissen, wer es ist.

»Komm mit mir, mein lieber Toulouse. Ich bin ein niemals enden wollender Quell an Ideen.«

Ich nicke sanft.

»Ich weiß, Absinthe. Ich weiß.«

— Ende —

Die Baker-Street-Bibliothek

Romane aus den Anfängen der modernen Kriminalistik

Verfügte Sherlock Holmes
in seinem Haus in der
Baker Street 221b
über eine literarische Bibliothek?
Wir wissen es nicht.
Aber wir stellen uns gern vor,
dass er die Bücher dieser Reihe
gelesen hätte:

Geschichten rund um skurrile Morde,
bizarre Motive und
eigenwillige Ermittler,
die allesamt in einer Zeit spielen,
in der die Verbrechensermittlung
noch in den Kinderschuhen
steckte.

www.bakerstreetbibliothek.de

Jessica Müller

Tod hinter der Maske

Ein viktorianischer Krimi

Dryas Verlag, Taschenbuch, 280 Seiten
(Baker-Street-Bibliothek)
ISBN 978-3-948483-02-9

Berlin, 1864.
Charlotte von Winterberg flieht aus ihrem Berliner Elternhaus nach London, um einer arrangierten Ehe zu entgehen. Dort übernimmt sie eine Stelle als Hauslehrerin in einer Einrichtung für gefallene Frauen. Auf einer Spenden-Soiree wird einer der Unterstützer des Instituts, Sir William May, vergiftet. Der junge und unkonventionelle Inspector Basil Stockworth übernimmt den Fall.
Um mehr über Sir Williams Familie herauszufinden, vermittelt er Charlotte eine Stelle als Gouvernante im Haus des Verstorbenen. Dort erkennt sie rasch, dass jeder der Mays etwas zu verbergen hat.

DRYAS